OBA STAATSLIEDENBUURT
Van Hallstraat 615
Amsterdam
staatsliedenbuurt@oba.nl
www.oba.nl

OBA STAATSLIEDENBUURT
Van Hallstraat 615
Amsterdam
staatsliedenbuurt@oba.nl
www.oba.nl

DE GEUR VAN SINAASAPPELS

DE GEUR VAN SINAASAPPELS

BETH KEPHART

Callenbach

© Uitgeverij Callenbach – Utrecht, 2012
www.uitgeverijcallenbach.nl

Eerder uitgegeven door Philomel Books An Imprint of Penguin Group
(USA) Inc. onder de titel *Small Damages*
© 2012
© Tekst Beth Kephart
Vertaling Hannie Tijman
Omslagontwerp Flashworks.nl – Kampen
ISBN 978 90 266 0596 3
ISBN e-book 978 90 266 0597 0
NUR 285

Voor Jeremy,
die eens, lang geleden, zei:
Vertel het verhaal van de levenden, niet van de stervenden.

Door de lege poort waait de wind van de geest onophoudelijk over de doodshoofden, op zoek naar nieuwe landschappen en onbekende bestemmingen – een wind die ruikt naar babyspuug, geplet gras en kwallensluier, en de constante doop aankondigt van het pas geschapene.

Federico García Lorca

Deel I

1

De straten van Sevilla zijn net zo breed als trottoirs, met steegjes die ervan af leiden. Achter in de taxi, waar ik alleen in zit, zie ik het verleden voorbijvliegen. Ik draai het vuile raampje naar beneden en steek mijn arm naar buiten. Ik strijk met één vinger langs de afbrokkelende muren. Raak ze voor jou aan: *Hallo, Sevilla!*

De oude dame in de hal bij Hotel de Plaza de Santa Isabel is de helft kleiner dan ik, als ze dat al haalt. Ze heeft olifantenbenen en draagt dikke pantykousen. Mogelijk heeft de zon haar plotsklaps wakker gemaakt toen ik de deur opendeed of misschien heeft de aanblik van mij haar verontrust. In ieder geval zit haar duidelijk iets dwars, wat het dan ook is. Zij steekt haar hand uit voor mijn aanbetaling, pakt een sleutel en smijt die op de tafel tussen ons in. Ze steekt haar kin omhoog en ik draai me om en loop de marmeren trap op waar zo veel voetstappen reeds hun sporen hebben achtergelaten vóór de mijne. De trap is uitgesleten en leeg en hol.

Mijn kamer is lang en smal, als een gang die aan beide einden afgesloten is met een deur. De eerste deur brengt me vanaf de trap naar binnen, en de tweede brengt me er weer uit, langs een bed, een wc, een porseleinen wasbak, naar een hoog raam met dik glas. Buiten, drie verdiepingen lager, zit een man op een bank. Een non, en later nog een, sleept haar zwarte rokken voort over de tegels van het plein. Er staan sinaasappelbomen die scheuren maken in het beton.

'Over vijf maanden ben je weer thuis,' zei mijn moeder bij de terminal – twaalf uur geleden, nog maar twaalf uur geleden.

'Vijf maanden is voorgoed,' zei ik tegen haar.

'Je hebt je keuzes gemaakt,' zei ze, waarop ik antwoordde: 'Nee.' Want jij bent de enige voor wie ik gekozen heb.

2

*A*ls ik wakker word, is de volgende dag al gekomen. Ik kleed me aan, borstel mijn haar en sluip de trap af. Olifantenbenen is nergens te zien. Als ik de deur opendoe, schiet een non in een flapperend zwart habijt voorbij. Ik blijf lopen, de buitenlucht in, die ruikt naar fruit en zon en de kleur blauw; in Sevilla ruikt het naar blauw. Ik loop één straat verder, en dan nog eentje, ik verdwaal en het kan me niks schelen. Later op de ochtend komt Miguel me ophalen en dan hoor ik bij hem en zijn *cortijo,* een eiland van stof in een land van stof – tenminste, zo heb ik erover gedroomd toen ik in het vliegtuig zat, hoog in de lucht, hoger dan vogels, boven de onmetelijk diepe Atlantische Oceaan. Miguel heeft vrienden, zei mijn moeder. Vrienden die me zullen helpen dit te vergeten.

Geloof het zelf!

'Als paps nog leefde, zou hij dit nooit goedvinden,' zei ik tegen mijn moeder die alles voor mij had ingepakt, alles voor mij had geregeld, dollars voor me had omgewisseld in peseta's – zonder mij ooit één vraag te stellen. Mijn moeder, regelaar voor al uw feesten en partijen.

'Houd jezelf niet voor de gek, Kenzie. En zit mij niet te beschuldigen. Op een dag zul je me dankbaar zijn.'

'Het was anders toen jij naar Spanje ging,' zei ik.

'*Ik* was anders,' zei ze. '*Ik* had verantwoordelijkheidsgevoel.'

Ik weet niet hoe laat het is – mijn horloge geeft nog steeds de Philadelphia-tijd aan en ik weet niet hoe ik dat moet omzetten. Op iedere hoek is een bar en in elke etalage hangt een dood varken aan zijn harde, zwarte sokken. Na de ham liggen verderop, op geoliede togen, stapels suikerrollen op glimmende dienbladen. Ik ruk aan een deur en loop naar binnen. Ik neem plaats bij de bar. De ober schuift een dikke porseleinen mok met koffie mijn kant uit. Ik kies een cakeje van het dienblad – een rozijnencakeje met wit glazuur en opbollende gele marmelade. Vervolgens sta ik weer buiten op straat, denkend aan jou, klein als een opgekrulde vinger en weldoorvoed.

3

Miguel is vorstelijk lang en zijn dikke lange witte haar glanst. Zijn ogen zijn blauw, maar met slechts een ervan kan hij zien; het andere oog, zegt mijn moeder, is hij kwijtgeraakt bij het poloën. Veel meer weet ik niet van hem. Hij heeft de beroemde stieren gefokt, de *toros bravos*. Hij verbouwt olijven, fokt kwartels, is eigenaar van duizenden hectaren grond. *Fokt*, zei ze. *Is eigenaar. Duizenden hectaren.* Alsof ze een soort cadeautje gaf. Ze kent iemand. Iemand die op haar beurt weer iemand anders kent en die persoon wil iets – en dat wordt mijn eigen superspeciale redding. Super. Speciaal.

Daar is hij dan, aan de rand van het Santa Isabelplein. 'Kenzie?' vraagt hij. Meer niet: 'Kenzie?' Hij zet mijn twee koffers in de achterbak van zijn rode Citroën, trekt het krakende portier aan de passagierskant open en sluit me op. Er is weinig verkeer dat Sevilla uitgaat, de lucht is al smoorheet. Er zijn olijfbomen en sinaasappelbomen, en de geur van benzine vermengt zich met die van citrus. Fietsers glijden voorbij. Boeren in gestreepte overhemden met lange mouwen. De lucht begint zilverkleurig te worden, dan zijn er stukjes blauw, en al gauw is het landschap niets anders dan een explosie van groen en nevel.

'Vond je 't leuk in Sevilla?' vraagt Miguel me, zijn Engels vol Spaanse klanken.

'Anders, en heet,' antwoord ik. Ik bestudeer aandachtig zijn profiel. Dan houd ik me weer bezig met het bestuderen van de weg.

Er zijn boomgaarden. Er zijn plaatsen waar de grond geploegd is, maar waar geen nieuwe aanplant is. Er is een groepje miniatuurpalmen die eruitzien als reusachtig fruit – ananas, dat is het, ze komen op uit de grond – en in de verte lopen zwarte varkens en stieren.

Als ik dit zou filmen voor Shipley TV zou ik de witbalans instellen en de camera instellen op handmatig; ik zou de zon achter me houden. Ik zou eerst inzoomen om het verhaal te vinden en dan weer uitzoomen. Zwarte varkens. Zwarte stieren. Ananas.

'Honger?' vraagt Miguel en ik antwoord: 'Misschien, een beetje.'

Hij stopt bij een wegrestaurant waarvan ik dacht dat het allang verlaten was. De vrouw achter de bar kent Miguel. Ze kwakt wat tonijn op een langwerpig broodje, haalt een biertje voor de dag en schotelt het hem allemaal voor, voordat Miguel ook maar een woord gezegd heeft. Dan knikt ze naar mij.

'En jij?' vraagt Miguel. 'Wat wil je?'

Er staat een diepvriezer in de hoek, blauw. Ik buig ernaar toe. Haal er een citroenijslolly uit.

'Dat is het?' vraagt Miguel.

'Ja, dat is het.'

De eigenaresse maakt een fluitend geluid. Miguel betaalt.

We rijden nog minimaal een uur. Miguel draait de raampjes van zijn auto naar beneden – tenminste, dat probeert hij, maar volgens hem is de auto een gammel oud beestje, hij noemt haar Gloria. Waarom een man als Miguel zo'n auto heeft – rijp voor de sloop en met een naam – gaat mijn verstand compleet te boven. 'Kuren zij heeft,' zegt Miguel, met een mengeling van Engelse woorden en Spaanse grammatica. Ik ben het helemaal met hem eens.

Eindelijk slaat Miguel linksaf, het smalle weggetje zit vol kuilen en gaten. Er staan olijfbomen aan de ene kant, zonnebloemen aan de andere kant. Verder wat paarden en een eenzaam muildier, een lapje grond met bloeiende cactussen, hagedissen. En aan het einde van de weg is een brede gepleisterde muur die in tweeën gedeeld wordt door een poort, waarvan de gepleisterde rand perzikkleurig is geverfd. Boven de poort staat in blauwe tegels LOS NIETOS gespeld, en achter de poort is een binnenplaats. Voor de ramen van het huis hangen blauwe gordijnen; hun onderkant waait zachtjes langs de begonia's in de afgebladderde bloembakken op de buitenvensterbank. Iedereen die ik ken zit op het strand in New Jersey: Kevin, Ellie, Andrea en Tim. Ze denken dat de zee eindeloos is.

Miguel parkeert de auto waar de weg eindigt. Hij stapt uit en doet mijn portier open. Hij hijst mijn twee koffers uit de achterbak, loopt snel onder de poort door en over de binnenplaats naar het huis. Ik stap uit, kijk om me heen, kijk de weg af en besluit uiteindelijk met hem mee te gaan – door een van de deuren bij de binnenplaats van het gepleisterde huis. We gaan onder een wespennest door en lopen een gang door waar stieren onaangedaan vanaf drie hoge wanden op ons neerkijken. We komen in een donkere kamer waar alleen via de kapotte lat in de zware houten rolluiken wat licht naar binnenkomt. Ik ga zitten. Miguel brengt me een cola en gaat ook zitten; een stofwolk zweeft naar het plafond.

Hij is eenenzestig. Hij draagt een verschoten spijkerbroek en versleten werklaarzen. 'Mijn stieren,' zegt hij, met zijn kin naar de muren wijzend. 'De allermooiste.' Hij legt me uit hoe de leider van een *corrida* tot tweemaal toe op het hoogtepunt van het gevecht heeft voorkomen dat zijn stier de genadeslag kreeg. Hij spreekt de woorden langzaam uit, omdat ik geen idee heb waar hij het over heeft. 'Voorpaginanieuws,' zegt hij, en daar laat hij het bij. Het zal wel, denk ik. Ik haal mijn schouders op alsof het me koud laat dat er een muur vol stieren op me neerstaart. En dan vertelt hij me hoe hij ooit met zijn eigen stieren vocht. En alsof hij zijn woorden kracht bij wil zetten staat hij op, vindt een foto en legt die op mijn schoot. Ik kijk van de foto naar hem en weer terug. Ik drink kleine teugjes cola en houd mijn mond.

'Ik zal je laten zien Los Nietos,' zegt hij vervolgens. Hij staat op en buigt voorover om zijn foto terug te pakken. Ik sta op en volg hem – de kamer uit, helemaal naar de andere kant van het huis, richting een binnenplaats achter het huis. Daar staat een stel paarden in boxen, ik hoor een vogel zingen, ik zie een armzalige, aftandse jeep en twee mensen in het harde, verzengende zonlicht. Hij stelt eerst de vrouw voor, een onbuigzaam type. 'Dit is Estela, onze koningin,' zegt Miguel.

'Je kokkin,' zegt zij – in het Engels.

'*Buenas tardes*,' zeg ik.

'*Sí*,' antwoordt zij. 'Buenas tardes. Hi.'

Ze kijkt mij aan en ze kijkt naar jou. Ik staar in de verte achter haar.

'En dit is Esteban,' zegt Miguel dan. 'De paardenman op Los Nietos.'

Ik draai mijn hoofd, neem hem vluchtig met toegeknepen

ogen op en besluit dat hij geen man is, maar een jongen van ongeveer mijn leeftijd. Hij draagt een hoed waarvan de rand naar beneden geslagen is. Ondanks het feit dat ik hem aangaap, knippert hij niet met zijn ogen. Mijn wangen gaan ervan gloeien.

'Dus,' zegt Miguel.

'Dus.'

'Dit is Los Nietos.'

'Hm.' Dit is Los Nietos en dat is Miguel, en alles daaromheen is het zuiden van Spanje, waar mijn moeder had rondgereisd als studente en waar haar beste vriendin nog steeds woont – de enige vriendin bij wie ze ooit haar hart uitstortte. 'Ze kan hier niet blijven,' had mijn moeder in een telefoontje aan haar vriendin Mari verteld. 'Niemand mag doorhebben wat ze gedaan heeft, wie ze geworden is.' Het was Mari die dit allemaal bekokstoofd heeft – Mari, die jaren geleden met een Spanjaard is getrouwd en die ergens iemand kende die graag een kind wilde. 'Waarom kan ik niet gewoon bij Mari logeren?' vroeg ik mijn moeder voordat ik wegging.

'Omdat Mari reist,' zei mijn moeder. 'Ze leidt het leven van een diplomatenvrouw.'

'Maar stel dat ik de vrouw die mijn kind adopteert, niet aardig vind…'

'Zo moet je het niet noemen.'

'Wat?'

'*Jouw* kind.'

Miguel beent op de jeep af. Ik klauter naast hem en sla de deur met een klap dicht. Hij rijdt – langs het huis naar de velden met verbleekt gras, over grond die oprijst en weg-zakt, in de stofwolken. We komen controlepunten tegen – zo noemt hij ze – en bij elk controlepunt springt Miguel uit de jeep, draait de sleutel in een slot, zwaait het hek open, springt weer in de jeep, rijdt een eindje naar voren, stopt, draait het hek achter ons op slot, totdat we uiteindelijk buiten tussen de stieren beland zijn, die voortsjokken zoals op een Afrikaanse savanne wat je wel in reisprogramma's op tv ziet. Hij vertelt me de feiten zoals ze in hem opkomen en voor zover zijn kennis van het Engels dat toelaat. De stieren zijn klaar om te vechten als ze vier jaar zijn. Ze wegen 480 kilo. Op hun rug staat het brandmerk met hun geboortedatum, het cortijo-embleem. Zij hebben fraaie, rechte ruggen en horens die strak in het gelid staan.

We drijven de kudde uiteen, jagen de stieren uit de schaduw totdat ze dichtbij zijn en naast ons rennen – bijna in een rechte lijn, stuntelig in de bochten, geprikkeld. Miguel blijft maar kletsen over de prachtigste horens, de beste ruggen, de schoonheid. Over een paar weken, zegt hij, zal hij zijn beste zes stieren vangen, ze in een vrachtwagen laden en naar de arena sturen. Stierenvechten is poëzie en geestkracht, zo vertelt hij me, en als zijn stieren goed sterven voelt hij de droefheid niet – hij voelt de trots.

'De trots?' vraag ik.

'Sí.'

Ik kan me geen trots herinneren. Behoefte herinner ik mij. Nood. Geen trots. Als ik me al iets van trots zou herinneren, zou ik dat woord niet koppelen aan het de dood injagen van mijn geliefden. Dit is een plek voor iemand als Hemingway en voor een lerares als juf Peri, die zei dat ze, als ze moest kiezen tussen een zin van Hemingway en eentje van Fitzgerald, de zin van Hemingway zou kiezen. Ik stak mijn hand op en zei dat ik Fitzgerald zou hebben gekozen – het was februari, heel lang geleden. Toen was alles niet zo moeilijk. Toen had je nog een keuze: Hemingway of Fitzgerald – en niemands leven hing ervan af.

Miguel rijdt langs de heuvelkam en het waterreservoir. Richting de grazende koeien. Dan weer terug naar zijn paarden. Naar de bosrand waar de herten en de kwartels, en wat zich daar verder nog schuilhoudt, zich veilig voelen. Daarna met een boog terug naar een groep gebouwen dicht bij het hoofdgebouw. We klimmen uit de jeep en kijken om ons heen. Dit, zegt hij, is zijn arena. Zijn eigen privéarena, geel en rood, hier en daar kapot op plekken waar een stier zijn kop ergens tegenaan heeft geramd of waar de weersomstandigheden zich hebben doen gelden, of waar het hout zich voorgoed gewonnen heeft gegeven en uiteen is gevallen.

'De zomers zijn lang,' vertelt hij me.

Ik raak de nog altijd gloeiende plek op mijn jukbeen aan.

'Estela rekent erop dat je helpt haar in de keuken.'

'Oké.'

'Je zult kennismaken met Javier en Adair, gauw.'

'Javier en Adair?' vraag ik.

'De ouders van je kind,' zegt hij.

Met een camcorder registreer je soms beweging. Soms probeer je die te stoppen. Of je probeert de beweging langzamer af te spelen, je zoekt de schaduw op, je zoekt naar wat ertussen ligt.

4

*H*et was september, ik zat in mijn laatste jaar van de middelbare school, en ik had het meest van mijn vader gehouden. De eerste avond nadat mijn vader gestorven was, begon de wind te gieren en dat ging aan één stuk door. De wind kieperde de vuilnisemmers om, de straat op; dikke takken werden van de bomen gescheurd en het afdak boven de zijdeur ging finaal naar de knoppen – dit alles speelde zich af voordat mijn moeder haar gave had ontdekt om de dingen naar haar hand te zetten. Met als gevolg dat zij aan de ene kant van het huis stond, en ik aan de andere kant, totdat ik mijn vader hoorde in de wind; hij sprak tegen mij, tegen mij alleen. Zijn gierende geluid ging net zolang door tot hij een tunnel door mijn hart had geblazen – een pikdonkere, rammelende leegte.

Ze begroeven hem in het langwerpige grasveld achter de episcopaalse St. Jameskerk. Ik had een witte jurk aan en droeg rubberen teenslippers. Ik keek toe hoe zijn kist naar beneden werd gelaten, de grond in, hoorde de vogels in de bomen. Toen ik me omdraaide, zag ik Kevin onder aan de heuvel; hij wachtte af tot ik hem uiteindelijk in het oog kreeg. Ik ging de grasheuvel af, op blote voeten. De grond was koel en ook warm, soms was het gras zacht, hoewel de meeste sprietjes prikten. Mijn schaduw ging voor mij uit en wees me de weg langs de witmarmeren grafzerken, her en der verspreid onder de bomen – en de wind was er nog steeds, hoewel aan het gegier een eind was gekomen.

Kevin was al breed in de schouders. De onderkant van zijn donkere haar verdween in de kraag van zijn overhemd. We waren de beste vrienden geweest. Mijn paps was dood.

Javier is je vader niet. Je vader is Kevin, die al vroeg tot *Yale* werd toegelaten. Kevin, die voorovergebogen loopt, dichter bij de toekomst dan de rest van ons. Dichter bij de zekerheid. 'Ik ga naar Yale,' zei hij. En daar gaat hij heen, en dit, hier met jou, is waar ik ben. Een zwangerschap overkomt jou, en niet de gozer, niet de vrienden. In verwachting zijn, een kindje krijgen, voor twee eten, een kleintje op stapel hebben staan, zwanger zijn: het is van jou, en wat je verder ook doet, je hebt iets groots gedaan dat je leven lang bij je blijft. Zo veel weet ik wel. Ik weet dat bij mijn levensverhaal vanaf nu ook altijd dit zal horen: het meisje dat zwanger raakte en moest kiezen. De ouders van je kind, zei Miguel. Nee, niet echt, Miguel.

Je pappa speelt *lacrosse*, hij is aanvaller. Hij heeft donker haar, groene ogen, een samengeperste Ierse glimlach. Hij gaat altijd ergens heen – is altijd bezig met plannen, met plannen maken, met uitvissen wat hij zich zou kunnen wensen, en daarna met een manier uitvogelen om het te laten gebeuren. Maar als hij begint te lachen, begin ik te lachen, en trouwens: hij kan voor geen meter bowlen. Dat deed ik het liefst: bowlen met Kevin. 'Kenzie, je bent een kei,' zei hij dan. Dan leunde hij achterover en het kon hem geen moer schelen dat hij niet kon bowlen; dat ik beter was. Achteroverleunend en nergens heen gaand. Kevin liet het bowlen aan mij over. Hij stopte met zingen. Hij stopte bij Shipley TV. Maar hij dacht er niet aan om zijn grote en schitterende toekomst op te geven voor wat mij toevallig was overkomen.

Ik zou op het strand moeten zijn. Ik zou naar *Newhouse* moeten gaan. Het zou een stuk gemakkelijker zijn als ik me geen voorstelling kon maken van je voeten, je vingers. Maar dat kan ik wel.

5

Ze maakt *albondigas de bonito*. Ze haalt de tonijn uit het vriesvak, verwijdert de graten en gooit die weg. Snijdt de vis in stukjes, voegt zout en knoflook toe en wat geplette peterselie. Ze laat de tonijn marineren en begint met het fijnhakken van de ham, de olijven, een hardgekookt ei. Vervolgens stopt ze wat oudbakken brood in een schaal met melk, breekt een vers ei open en scheidt vlug de dooier van het eiwit.

'Gesnopen?' zegt ze.

Ik knik. Mijn borsten zijn pijnlijk opgezet boven de bobbel van jou. Ik heb geen last meer van misselijkheid. Ik zit niet meer op de badkamervloer terwijl ik met mijn vuisten op de wc-pot beuk, en ik lig daarna ook niet meer snikkend op de vloer. Nee. Maar overal laat jij je voelen. je samenspel van botten, je tere huid, je nageltjes; je hebt ze al. Bij gezondheidsleer, klas 2 middelbare school, bekeken we de film, we zagen hoe het is. De parel wriemelde zich naar buiten met een staartje. De krulling beschermend als een vis. Het vlies ertussenin, slechts tijdelijk.

'Beheers je,' zei mijn moeder.

'Me beheersen?' vroeg ik.

Estela voegt het brood en het ei aan alle andere ingrediënten toe, beukt en sjort totdat het eruitziet alsof het altijd één geheel is geweest. Nu haalt ze er een stukje af en maakt er een balletje van. Ze maakt ik-weet-niet-hoeveel balletjes, zonder ook maar één ogenblik van gelaatsuitdrukking te veranderen. Ze bakt ze en lepelt ze in een moeras van knoflook, peterselie en wijn. De flessen sherry naast haar staan te zweten. Er zit vocht op de grote zwarte vijgen en ook op het raam. Het water in de fluitketel gaat als een razende tekeer.

'Jij leert koken,' zegt ze. 'Ik leer jou.'

Voor Spaans haalde ik op de middelbare school aardig hoge cijfers. Ik was de beste cameravrouw van Shipley TV. Ik kreeg de eerste stageplek die ik aanvroeg. Bij het opgroeien had ik geen hulp van anderen nodig en hoefde ik niet te bewijzen dat ik die hulp niet nodig had. Maar op Los Nietos grijpt Estela elke gelegenheid aan om te bewijzen dat ze zonder hulp met het Engels uit de voeten kan – en wat betekent dat voor mij? Ik ben niet te gast in de keuken van de oude kokkin. Ik ga mezelf nuttig maken en een onderdeel daarvan – dat maakt Estela duidelijk – is dat ik haar Engels laat spreken – een taal die ze naar eigen zeggen heeft geleerd bij een bankiersfamilie waar ze ooit kok was. Voorheen, zegt ze. En dat is alles.

'Hoor je dat?' Estela draait plotseling snel rond op haar koksschoenen om de vraag te stellen.

'Hoor ik wat?'

'Esteban,' zegt ze. 'De vogels.'

Ze draait de kraan dicht, en nu hoor ik het, ergens ver weg – het geluid van Estela's naam, het hysterische geluid van vogels. Estela droogt haar handen af, tikt even de knoppen op het fornuis aan. 'Het is gebeurd,' zegt ze. Met haar ene hand pakt ze een pipet uit een lade en met de andere hand tilt ze de pan olijfolie op, die ze op de brander warm liet worden. Ze begint te rennen – dus wij ook – door de keukendeur, langs haar slaapkamer, door Miguels deel van het huis, de gang door naar de binnenplaats achter. Estela's voeten zijn dik en kort. Haar rubberzolen zuigen zich steeds vast op de donkere vloertegels. Ze zwaait met de pipet en met de pan met koperen bodem van rechts naar links, van links naar rechts.

Als we bij Estebans kamer komen, is de deur open – zijn enige deur, aangezien zijn kamer niet in verbinding staat met het huis. Hij heeft de mouwen van zijn witte overhemd tot aan de ellebogen opgerold. Zijn gezicht is verstopt onder de kapotte rand van zijn hoed. Ik ben hier nu al drie volle weken, bijna vier, en nog steeds heb ik het hele gezicht onder die hoed niet gezien, heb ik Esteban alleen maar in de schaduw gezien. Hij bemoeit zich met niemand en blijft bij mij uit de buurt, alsof ik een Amerikaan ben van het ergste soort – de insluiperversie die niet alleen ruimte inneemt, maar ook ruimte inpikt van anderen. Hij zegt nu hallo, maar alleen tegen Estela. Hij zegt het indringend.

De vogelkooi hangt aan een haak bij zijn hoofd, het zonlicht weerkaatst erin. Bella, de vogel met meer groen dan Limón, hupt van kooi naar boom, van boom naar kooi. Ze landt op Estebans arm, pikt hem, plukt aan haar veren, draait haar kop om en vliegt weer, rimpelingen in de lucht trekkend, en al die tijd kijkt Esteban niet naar Bella, en als ik dit zou filmen, zou ik niet weten wat er aan de hand is. Esteban lijkt het meest bezorgd te zijn over Limón, op de bodem van de kooi, die haar vleugels heeft uitgespreid en haar staart snel beweegt alsof ze de lucht kapot wil slaan, als ze dat zou kunnen.

Estela vult de hele kamer. Dat mag van Esteban. Ik blijf waar ik ben, allesbehalve nodig. Ik luister naar de stampende, blazende paarden in hun boxen een deur verder en voel de zon achter in mijn nek. Ten slotte zie ik Limón in Estebans handpalm. De vogel lijkt wel halfdood, of misschien is hij helemaal dood, dat weet ik niet. Ik weet alleen dat Estela kalm is. Ze vult de pipet met olie uit haar pan die ze even heeft neergezet. Esteban houdt Limón ondersteboven. Estela druppelt de opgewarmde olie over de onderbuik van de vogel – en zo gaan ze met Limón aan de gang, ondanks Bella, die wild en wanhopig door de kamer wiekt. Estela zegt dat ik dichtbij moet komen en stopt de oogdruppelaar in mijn handen. Dan masseert ze Limón met haar dikke koksvingers – haar grote handen op de slinkende vogel, die daar maar ligt te liggen – tot Limón een vreemde schreeuw slaakt en een wit kiezelsteentje in Estela's hand perst.

Een wit kiezelsteentje. Een ei.

'Zat klem,' zegt Estela. Zij draait Limón rechtop en schuift haar terug in Estebans hand. Hij strijkt Limóns groene en gele veren glad, voordat hij de vogel weer in haar kooi zet. Bella vliegt en fladdert kriskras door de kamer voordat hij door het open deurtje van de kooi vliegt en naast Limón op de stok gaat zitten. Limón staat rechtop, met open ogen, levend en wel.

Ik kijk naar Estela. Ik kijk naar Esteban, wiens gezicht nog steeds onder zijn hoed verborgen is.

'We dachten dat Bella was een meisje,' vertelt Estela me. 'En toen zij kregen kleintjes.'

'O,' zeg ik. Estela laat het ei in het donkere holletje van haar zak glijden.

'Gepiept,' zegt Estela. En ze loopt zomaar weg, terwijl de slippen van haar paarse schort streepjes trekken in het stof.

'*Gracias*,' roept Esteban haar na. Als hij de hoed van zijn hoofd haalt om het zweet af te vegen, staar ik hem aan. Hij heeft ogen die de kleur hebben van de nacht, en gebogen wenkbrauwen. Zijn donkere haar valt tot op zijn schouders vanaf de plek waar de hoedenband er een deuk in heeft gemaakt. Vanaf zijn ene wang loert een litteken, als een gevallen halve maan; het lijkt alsof de rand van een glas ertegenaan wordt gedrukt. Hij veegt zijn gezicht nog eens af en zet zijn hoed weer op. Onze blikken botsen frontaal.

'Waarom kom je nooit naar binnen?' vraag ik hem in het Spaans.

'Omdat dit de plek is waar ik woon,' zegt hij.

'Eén kamer?'

'Eén kamer. De hemel. De paarden.'

'Twee vogels.'

'Dankzij Estela,' zegt hij. 'Sí.' Twee vogels. Dat is alles wat hij zegt, en nu roept Estela vanuit de keuken.

'Ze heeft je nodig,' zegt Esteban met een halve glimlach.

'Ik ben haar bezit,' zeg ik, en dat meen ik.

6

De dag dat ik me bewust werd van je bestaan, was ik
uit een droom wakker geworden, en door die droom
wist ik het, nou ja, raadde ik het. In de droom was ik in een
kamer vol spiegels, zonder één enkele deur, en in elk glas-
vlak zag ik mezelf groter en groter worden, net alsof Alice
in Wonderland en Willy Wonka bij elkaar kwamen voor een
schranspartij. Ik droeg een T-shirt met een sweatstof pyja-
mabroek en toen ik wakker werd, waren die kletsnat. Ik
kon toen ook niet opstaan, alsof ik bestond uit vijfhonderd
miljoen pond spek, gevangen in dat glas. Ik dacht eraan
hoe paps naar beneden zou kijken, en ik begon te huilen.
En hoe hard ik ook probeerde mezelf ervan te overtuigen
dat het niets om het lijf had, dat het maar een droom was,
ik wist wat mijn dromen betekenden… en bovendien, ik
moest kotsen.

Ik was geen stommeling.

Ik had risico's genomen.

Het was minstens twee uur later, toen ik eindelijk naar beneden sloop en tegen mijn moeder riep: 'Ben zo terug!' Ik
haalde mijn fiets uit de schuur, ging met een zwaai op het
driehoekige zadel zitten en fietste de weg af, nog steeds
in mijn T-shirt en sweatstofbroek en duizelig – niet in mijn
hoofd maar in mijn darmen. De voordeur van de 24-uurs
drogist klingelt een liedje als je naar binnen loopt. Zo weet
iedereen dat jij er bent om dingen te kopen waarvan je niet
wilt dat iemand ziet dat je ze koopt. De vloeren van de dro-

gisterij lopen glanzend wit door alle gangpaden heen. De planken zijn zilverkleurig en verblindend. De prijskaartjes zijn blauw en ze veranderen constant, en op iedere hoek staat chocolade. Ik betaalde de langharige knul aan de kassa voor het setje; zijn tatoeages kronkelden zich als slangen omhoog tot aan zijn kin. Vanuit de helverlichte winkel ging ik naar de schaars verlichte gang en draaide vervolgens de knop naar het toilet om.

Achter de dunne deur plaste ik op het reepje en toen wachtte ik, terwijl ik het reepje boven mijn knieën balanceerde, totdat één minuut twee minuten werden en jij geen droom meer was: jij was jij. Ik voelde iets heets omhoogkomen langs de achterkant van mijn keel, ik draaide me om en moest overgeven. Toen dwong ik mezelf rechtop te gaan zitten op de harde, witte wc-bril totdat ik weer kon ademhalen, totdat ik kon opstaan en het toilet uit lopen, de gang uit, vanuit het schemerduister naar het daglicht, de winkel uit.

Het was vroeg. De avond ervoor had het geregend. Het was eind maart en te fris voor enkel een T-shirt en een sweatbroek. Ik rilde nu van de kou en kon er niet mee ophouden. Ik had mijn fiets in het rek bij de drogisterij gezet, niet op slot – want in zo'n dorp woon ik; niemand steelt een fiets en meisjes als ik raken niet in verwachting, vooral niet van een knul die naar Yale gaat. Mijn mond smaakte naar bleekwater – bleekwater en metaal. Ik kon niet slikken.

'Echt niet, echt niet, echt niet,' bleef ik maar zeggen. Ik dacht dat ik dood neer zou vallen. Het deed pijn om omhoog te kijken, en ik moest mezelf tot bedaren brengen door op de grond te gaan zitten. Ik deed mijn knieën omhoog naar mijn hoofd, omklemde mijn benen met mijn armen, schommelde heen en weer, wiegde mijn misselijk-heid weg. Op dat moment had ik heel hard iemand nodig. Iemand die me vasthield.

'Hoi,' zei Kevin nadat de telefoon vijfmaal was overgegaan. Het was iets na negenen in de morgen, een zaterdag. Hij had geslapen.

'Hoi,' zei ik.

'Alles goed?'

'Kev?'

'Ja?'

'Het is gewoon…'

'Kenzie?'

'Kev?'

Hij draaide zich om in zijn bed, ik hoorde de lucht sissend uit zijn kussen ontsnappen. Ik kon iemand dichtbij horen, verderop in de lange gang in zijn huis – iemand die Pep riep, Kevins puppy met ADHD. Ik kon Pep horen blaffen, hyperactief; ik hoorde het gekraak van Kevins bed en Peps puffende adem, het gejengel van die hond als hij een spel-letje speelt dat hij volgens hemzelf gewonnen heeft.

'Wat ben jij toch een gluiperig hondje,' begon Kevin tegen Pep te zeggen. 'Dief! Geef mij de schoen, Pep. Laat los.' Pep snoof, jammerde, zorgde voor meer gekraak in het bed – en ik liet mijn tranen de vrije loop, porde met mijn vuisten in mijn ogen, en ten slotte zei Kev: 'Hé, Kenzie, kan ik je terugbellen?'

Ik brak het gesprek af.

Ik wachtte.

En, nu komt het: Kevin heeft me niet teruggebeld. De zon kwam niet tevoorschijn, mijn ogen waren gezwollen, en bij het ademhalen had ik het gevoel dat ik een bundel stokken doorslikte.

Toen kwam de knul van de kassa uit de drogisterij naar buiten om een sigaretje op te steken en aan de slangachtige tatoeage in zijn nek te krabben. Hij wierp één blik op mij en kende mijn hele verhaal; hij hield op met krabben en haalde vervolgens zijn schouders op. De kassier is mijn getuige. Kevin heeft me niet teruggebeld. Niet die morgen. Niet op die plek toen op dat moment, toen ik hem het meest nodig had, toen ik nog dacht: misschien, misschien. Gezondheidsleer op de middelbare school: de baby als een erwt, een boterboon, een doorzichtige oceaan van leven. Zes weken, dacht ik. Misschien zeven. En de baby en de streng zijn nog steeds aan het groeien. Dat was de opdracht bij de schooltoets: leg uit wat de rol is van de navelstreng bij zoogdieren met een placenta. Twee slagaders. Eén ader. De gelei van Wharton. De ader brengt het goede bloed naar binnen. De slagaders halen het slechte bloed eruit. De streng splitst zich in tweeën bij de lever. Extra punten voor het meisje achterin dat andere namen weet voor de navelstreng. *Funiculus umbilicalis*, schreef ze. Geboortestreng. De geboortestreng. De lijn ertussen. Ellebogen met zes weken. Vingers. Ogen aan de zijkant van het hoofd.

7

Als Estela mijn naam zegt, komt het er vlak uit: 'Kenzie!' Een eis, nooit een verzoek. 'Kenzie!'

'Ja?'

'We krijgen gasten.'

'Aha.'

'Als we hebben gasten, jij helpt. Dat zijn de regels.'

'Ja, Estela.'

'En laat die jongen met rust.'

'Pardon?'

'Je hebt gehoord wat ik zei. Luisteren.'

'Ik vroeg alleen maar…'

'Ga,' valt ze mij in de rede. 'Dek de tafel voor vier.'

'Vier?' vraag ik, hoewel ik eigenlijk wil zeggen: Regels? Met rust laten? Luisteren? Ik wil haar vragen wie ze wel niet denkt dat ze is. Ik wil weg, heel ver weg.

'Sí. Luis komt.'

'Wie?' Ik bijt op de binnenkant van mijn mond, waar de huid flinterdun is. Ik voel mijn ogen verharden, ik zie Estela kijken.

'Luis,' herhaalt Estela langzaam. 'Het is zijn verjaardag.' Een vreemd trekje sluipt rond de hoeken van haar mond, en ik wacht op meer, wacht op iets, wacht tot ze tenminste glim-lacht. Maar het enige wat Estela doet, is instructies geven: Houd het vuur laag. Houd de spatel bij de hand. Hang je was buiten op dinsdag. Geef de bloemen water op don-derdag. Laat de katten met rust. Wacht hier. Kijk naar mij.

Estela bepaalt de regels, zij is de baas over ons tweetjes. Dankzij mijn moeder, wat in feite betekent: dankzij Mari.

Nu laat Estela mij de mooie borden zien en het mooie bestek. Ze knikt naar de open deur, omdat we in Spanje, bij Los Nietos, buiten eten, vanwege de weersomstandigheden. Ik vind een dienblad en stapel het vol. Ik loop van de stoom van de keuken naar de stoom van de dag. Als ik in de zon kom, is alles een luchtspiegeling: de hagedis op de gepleisterde muur, de slangenstaart van een kat, de hitte die uit Estela's keuken omhoogkomt, op weg naar de enige wolk in de lucht. Ik dek de tafel met vier vorken en vier messen en vier borden, en onder de vorken vouw ik helderrode linnen servetten. Ik klop het stof uit de gammele stoelen en zet ze allemaal op de juiste plek. Ik laat de tafel in de zon bakken – een diner op de binnenplaats. Mooi weer, het hele jaar door. Ik steek de binnenplaats over en sta in de deur van Estela's keuken. Ik zie hoe ze heel kleine beetjes tussen haar duim en wijsvinger afpast, scheppend vanuit de ene schaal in de volgende – zo veel houten lepels vol, zo veel schepjes suiker, zo lang olie gieten uit de gele fles in de vensterbank. Ze pakt zes augurken uit een groenglazen fles. Ze haalt een schaal met varkensribbetjes tevoorschijn, kruidt de ribbetjes met een drankje, laat de reuzel met een plof in de pan vallen, draait de warmteknop naar rechts zonder zelfs maar het getal te controleren, en dan vraagt ze: 'Jij hebt opgelet?'

Ik knik.

'De verjaardag van Luis,' zegt ze.

Weer knik ik.

'Ik maak wat hij vindt lekker.'

Ze werkt furieus boven haar lelijke schoenen.

Orthoschoenen, zou Ellie ze noemen.

'Wie komt er nog meer op het feestje?' vraag ik.

Estela draait zich om. Zij werpt een blik op mij. Haar zware ogen waken over de plooi van haar wangen. 'Exclusief feest van ons,' zegt ze. 'Voor Luis. Schil de druiven. En voorzichtig, sí?' Ze reikt mij een schaal grote groene druiven aan, pakt haar schortenbanden en knoopt ze weer vast. Ze leunt tegen de oven en stopt een dikke, grijze haarlok achter één oor. Een zonnestraal valt door haar raam naar binnen en weet de stoom en het stof op te vangen.

'Waarom Esteban niet?' vraag ik, na dat alles.

'¿Qué?'

'Waarom komt hij niet naar het feestje?'

Ik kijk haar recht in de ogen. Ze werpt me die veelbetekenende blik toe.

'Nee,' zegt ze.

'Waarom niet?'

'Esteban eet niet samen met ons.' Dat doet hij nooit, heeft hij nooit gedaan. Estela brengt hem altijd een bord – een karweitje dat zij alleen mag doen, en niemand anders.

'Maar waarom niet?'

'Jij bent de gast hier.'

Ik schil nog een druif, druk mijn duim ertegenaan. 'Weet ik, maar…'

'Oppassen,' zegt ze. 'Maak geen knoeiboel.'

Ik gaap haar aan, over de schaal met druiven. Zij staart mij aan.

'Waarom kijk je zo naar mij?'

'Dat doe ik helemaal niet.'

'Ja, poeh.'

Ik ga zitten, bijt de huid weg rond één nagel. 'Wie is Luis?' vraag ik weer.

'Luis is de oom van Miguel. De druiven, sí? Je werk afmaken.'

Ze kijkt chagrijnig. Ik haal de velletjes van de druiven. Druif na druif, totdat ik klaar ben, totdat ik de schaal ontvelde druiven triomfantelijk in haar richting schuif.

'Hoe kent Miguel Mari?' vraag ik haar dan, met mijn kin in mijn hand.

'Jij stelt te veel vragen.'

'Mijn moeder wou het me niet zeggen.'

'Laat me met rust.'

'Ik kan hier niks doen.'

'*¿Nada?*'

'Ik ben klaar met de druiven, snap je?' zeg ik. Ik wijs met mijn kin naar de schaal.

'Je jurken drogen in de zon,' zegt ze. '*¿Sí?*'

'Zal wel.'

'Je wilt je jurken laten bakken als een ei in de pan?'

'Niet echt.'

'Dan jij hebt dus iets te doen,' zegt ze. 'Ga jurken ophalen. En als je hebt gedaan dat, jij terugkomt hier om mij te helpen met het feest.'

'Wil je dat ik de was ga doen?'

'Hoor je wat ik zeg?'

Ik verroer me niet.

'Luisteren, Kenzie.'

'Estela,' zeg ik terwijl ik opsta, 'natuurlijk hoor ik wat je zegt. Je staat een halve meter van me af je eigen Engels te praten.'

8

*I*k neem de tijd – loop over de binnenplaats aan de voorkant, langs de tafel die voor vier personen is gedekt. Daar leg ik de messen recht en probeer een van de krakkemikkige stoelen uit. Ik sluit mijn ogen en voel hoe mijn wimpers bijna in brand vliegen door de hitte van mijn verbrande wangen. Dan sta ik op en blijf lopen en ga naar rechts, naar de schaduwen die langs de muur van dit niemandsland schuiven, aan de oostkant van de cortijo. Een van mijn slaapkamerramen kijkt uit op deze ruimte, maar ik hou het gordijn dicht – er is nauwelijks iets te zien, behalve een paar kapotte vaten, een paar schriele schaduwbomen, de ophanghaken van een op de grond gevallen bloembak waar de zaadjes nu vrij spel hebben. En verder nog dat armzalige waslijntje tussen twee blauwe palen. Het lijntje is wit van de zon en hangt slap door het gewicht van alle vlekken in Estela's kleren.

'Die vlekken wegen niks,' zei ze tegen me toen ik het onderwerp aansneed.

'Die vlekken zijn superlelijk,' antwoordde ik haar meteen.

Mijn hobbezakken van jurken hangen op de plek waar ik ze heb achtergelaten – stijf als vijf planken, de afdrukken van de knijpers staan er nog in. Een cyperse kat zit in het raffia mandje en haalt een natte poot over haar ogen. 'Hoepel op,' zeg ik. Als het beest zijn ogen opendoet, staart het omhoog, naar mij, met een blik in zijn ogen die duidelijk maakt dat ophoepelen niet in zijn woordenboek voorkomt.

Ik kiep het mandje om en schuif de kat er met één hand af. Ze landt met vier poten in het stof en spint. Zachtjes duwt ze tegen mijn scheenbeen aan, zigzaggend tussen mijn benen door. 'Laat me met rust, ja?' zeg ik. Ze gaapt en gaat liggen, legt haar kin op haar poten, alsof ik een toneelstukje aan het opvoeren ben.

'Geef mij niet de schuld dat jij je verveelt,' zeg ik. 'Geef deze cortijo maar de schuld. Geef Spanje de schuld.'

De jurken maken een krakend geluid als ik ze van de lijn haal en opvouw. De afdrukken van de knijpers blijven in het wasgoed staan. Langs de ritssluitingen en zomen zijn de jurken verkleurd. Dat was niet het geval toen ik van huis wegging – voor mijn gevoel jaren geleden. Ik haal Estela's gele schort van de waslijn en haar bleekgroene onderjurk waarin ze naar mijn idee slaapt. Haar ondergoed hangt hier ook – grote, vierkante tenten die moeten stammen uit het pre-elastieke tijdperk. Ik haal de ene na de andere van de waslijn, terwijl ik de knijpers in de richting van het afgezaagde bovenstuk van een vat gooi.

'De voorstelling is voorbij,' zeg ik tegen de kat. Ik buk me om het mandje van de grond op te rapen. Ik voel hoe een druppel zweet zich een weg baant tussen mijn borsten door naar beneden, over dat heuveltje van jou. Opeens voel ik een golf van misselijkheid, of misschien ben ik alleen maar duizelig van de zon. De kat kronkelt weer tussen mijn benen. Ik sluit mijn ogen en haal adem.

Als ik mijn ogen opendoe en me omdraai om weer naar de binnenplaats aan de voorkant te gaan – naar de keuken, naar de grotachtige cortijo, waar ik wil gaan liggen, waar ik heen wil om alleen te zijn, wat Estela er ook van zegt – dan is hij er. Hij staat in de dunne strook schaduw die langs de muur loopt. Hij leunt ertegenaan – tegen de muur, de schaduwen. Hij heeft stokken in zijn hand, takken die van de schaduwbomen zijn gevallen, alsof hij een vuurtje wil gaan stoken.

'Wat doe jij hier?' vraag ik hem. Ik voel me weer duizelig, maar dit is een ander soort duizeligheid. Ik leun tegen de rand van het kapotte vat, verplaats de mand naar de ene kant, verplaats hem naar de andere kant.

'Voor de vogels,' zegt hij, terwijl hij naar zijn handen kijkt.

'Stokken voor de vogels?'

'Stokken voor een boom. Ik maak er eentje zodat ze erin kunnen spelen.'

'Je maakt een boom van dode stokken?' vraag ik – tenminste, dat denk ik; ik ben er niet zeker van of ik wel de juiste Spaanse woorden gebruik.

Hij schudt alleen maar zijn hoofd, ja en nee. Hij staat daar maar, beweegt niet, zweet niet, met zijn o zo donkere ogen onder zijn hoed en de stokken als een bundel in zijn hand. Het is alsof hij alle tijd van de wereld heeft en niet om tijd maalt. Als Estela ooit al een keer naar hem heeft geschreeuwd, is het hem niet aan te zien. Als hij het zich aantrekt dat ik haar slachtoffer ben, laat hij mijn schaamte met rust.

'Wie is Luis?' vraag ik hem eindelijk.

'Luis is een vriend van Estela,' zegt hij. 'En hij is ook de oom van Miguel.'

Nou, dat is een fraai verhaal, wil ik zeggen, maar ik hou me in en hij houdt zich ook in, staat daar in zijn paarse schaduwplekje.

'Er is een feestje,' vertel ik hem. 'Kom je ook?' Ik verplaats de mand weer, geef met mijn voet de kat een por, vraag me af of het nog heter kan worden – of er ergens op de wereld een plek is waar het net zo kokendheet is als het zuiden van Spanje in de zomer. 'Een feestje,' herhaal ik, alsof hij me de eerste keer niet gehoord heeft. Maar het enige wat hij doet is de stokken in zijn hand ronddraaien, dode stokken voor een dode boom. Je kunt geen boom maken met stokken.

'Ik moet weg,' zeg ik, en ik wacht erop dat hij me zal tegenhouden.

'Buenas tardes,' zegt hij tegen me en knikt.

Ik staar hem aan en het doet hem niks. Ik voel hoe mijn gezicht nog meer gaat gloeien. Uiteindelijk ga ik naar Estela – naar haar keuken en haar regels. Ik loop met de mand aan de ene kant en de hitte in de rug. Als ik de hoek bereik en naar de schaduwen kijk, zijn Esteban en zijn stokken al weg. Ik denk aan mijn vrienden thuis: Ellie, Andrea, Tim. Ik denk terug aan Kevin. 'Ik hou van je,' zei hij, voordat ik wegging. Ik ben er nog steeds niet uit of ik hem moet geloven. Ik wacht nog steeds op een brief – op iets. Ik ben nog steeds hier, en ik ben alleen, en Esteban bekommert zich meer om vogels en stokken dan om iets wat ik hem zou kunnen vertellen. Nu hoor ik Estela in de keuken: 'Kenzie?'

'Kom eraan,' zeg ik tegen haar. Ik neem er de tijd voor. Ik wou dat ik op het strand in New Jersey was. Ik wou dat dit allemaal niet gebeurd was.

9

Zes maanden geleden bemachtigden we het huis bij het strand, toen het winter was en het havenplaatsje *Stone Harbor* van ons was. De dame die ons van het ene huurhuis naar het andere bracht, droeg een paraplu om zich te beschermen tegen het spugende zout van de zee. Ze keek hoog over ons heen alsof we op Park Avenue liepen, en niet op het strand, waar meestal weinig anders bewoog dan de meeuwen met hun trillende veren. Wij waren het ergste wat die dame in haar carrière ooit was overkomen: vijf tieners met het budget van eindexamen-kandidaten, die het geen moer kon schelen welke indruk we maakten.

Uiteindelijk namen we genoegen met het goedkoopste huis dat er was. Het had grijze, ruwhouten planken, drie te gekke verdiepingen en een gat in het midden. 'Net een vierkante donut,' zei Kevin, en daarna dacht niemand van ons daar anders over. De bovenste twee verdiepingen hadden balkons – kamers aan de ene kant, met uitzicht op de lekkende ruimte eronder. 'Hoe bizar is dit?' vroeg Ellie zich af. Ze plofte neer op een oude bruine sofa en slaakte een romantische zucht. Ellie kan heel overtuigend zuchten. 'Een kasteel, echt helemaal van ons,' zei ze. Ze wist al dat ze in de herfst naar het *Community College* zou gaan. In de winter deden we alsof dat niet het geval was. We deden alsof alles altijd hetzelfde zou blijven. Dat niets, of niemand, achtergelaten zou worden.

De plek rook als een antiseptische spuitbus. In elke slaapkamer hadden de muren een andere tint vuilroze; in het komvormige deel van een kandelaar lag het stoffelijk overschot van een maretak. 'We nemen het donuthuis,' zeiden we tegen de makelaar, en wij maakten alle papieren meteen in orde, in de vestibule, met de winter buiten de deur. We overhandigden de waarborgsom, waarbij elk van ons het geld inlegde dat hij of zij verdiend had met een flutbaantje na schooltijd. Alleen Kevin had een goedbetaald baantje: hij had als caddie gewerkt bij de golfclub en kreeg vette fooien voor het advies dat hij de mannen gaf die op de par speelden. Hij betaalde meer dan de rest van ons, en omdat het Kevin was lieten we het zo.

We liepen met de makelaar naar buiten, die de deur van ons examenhuis achter ons op slot deed.

'Naar de zee,' zei Tim, die voor een keer het goede voorbeeld gaf en een denkbeeldige paraplu snel in de winterlucht liet ronddraaien. We trokken onze plastic capuchon over ons hoofd, en eenmaal bij het strand deden we onze schoenen uit en renden naar het water, Ellie was er het eerst. Ze trapte een golf naar beneden, en ik ook, en Andrea – de golven waren ijs- en ijskoud, het hele strand trouwens. Toen ik me omdraaide, zag ik Tim en Kevin in de verte. Ze liepen over de verroeste pijpleiding, die zich evenwijdig aan de kustlijn uitstrekte. 'Helemaal naar Cape May!' dirigeerde Tim en toen renden we naar Tim en Kevin, met onze schoenen in de hand. We klauterden op de leiding, probeerden ons evenwicht te vinden en marcheerden richting het zuiden.

De wind blies het zout in onze huid. Andrea's haar leek wel te willen vliegen. We liepen in ganzenpas, de roest onder onze voeten, totdat de lucht schemerig werd en Kevin van de leiding sprong en zijn armen naar mij uitstrekte. Ik sprong met een boog de lucht in en liet me toen vallen, want ik wist dat hij me op zou vangen. Toen draaiden we ons allebei om en zagen dat Ellie nog steeds boven op de leiding liep, in haar eentje. Kevin zette me op de grond zodat hij Ellies hand kon grijpen, en Tim legde zijn arm over Andrea's schouders. We stonden allemaal maar een paar centimeter van het eerste schuim van de golven af en wierpen oesterschelpen de lucht in, totdat het echt donker werd. Ik droeg een coltrui, jeans, een sweater en een blauwe plastic regenjas met capuchon. De koude rillingen liepen me langs de rug. 'Kom op,' zei Kevin, en we liepen alle vijf op blote voeten door het zand – terug naar het noorden net zo ver als we naar het zuiden waren gegaan, vervolgens naar boven, naar de lange verzilte grassen en de versleten planken, totdat we weer asfalt onder onze voeten hadden. We klopten het zand uit de omgeslagen randen van onze spijkerbroek en trokken onze schoenen pas weer aan toen we het zand van onze voeten hadden gelopen.

We zetten koers naar de enige bar die nog open was. Er lag zaagsel op de vloer en er kwam muziek uit een jukebox. Er waren oude zwartwitfoto's van vergeten Miss America's op beschadigde muren met scheuren. De mannen droegen flanellen overhemden en strakke Levi's die om hun heupen pasten, maar niet om hun buik. Er waren gezouten amandelen en nacho's met pindakaasachtige kaas. Zangers – een duo – met uit de kluiten gewassen microfoons waren van stal gehaald en op de zaagselvloer neergezet. 'Die moeten zeker voor wat sfeer zorgen,' zei Ellie, en niemand van ons bewoog: Ellie niet, met haar zwarte haardos rond haar gezicht. Andrea niet, die alsmaar de ringen van haar lange vingers af bleef halen. Tim niet, met zijn grote ideeën, maar zonder spraakwater, wat Andrea altijd graag opmerkte. Hij zou in de herfst in de buurt blijven, hij ging naar *Drexel*. De zangers speelden nummers uit de ouwe doos – het was niet veel soeps – en droegen laarzen met stalen punten.

'Zelfs op de talentenshow van de middelbare school zouden ze nog geen kans maken,' zei Andrea. Ze had al haar ringen op een rijtje om haar pink gedaan, en nu was ze bezig ze er weer af te halen.

'Je hebt meer vingers nodig,' zei Ellie tegen haar.

'Hou je kop, lekker ding,' zei Andrea en ze gaf Ellie een kus. Daarmee wilde ze Ellie laten weten: 'Je bent lief.' Ik keek naar Ellie en bedacht hoe zij op een dag de rest van ons zou laten zien dat zij iets wezenlijks van haar leven had gemaakt. Ze was misschien niet slim, zoals sommigen van ons slim waren, maar wel wijs, wat sommigen van ons misschien niet waren. We zouden zeggen dat we altijd geweten hadden dat Ellie het in zich had, en als ze ons vroegen hoe we dat wisten, zouden we alleen maar onze schouders ophalen.

'Wat denken jullie?' vroeg Kevin aan niemand in het bijzonder, nadat we daar een tijdje hadden gezeten.

'Wat ik denk?' antwoordde ik.

'Wat doen ze volgens jou 's zomers?' Hij knikte richting het duo dat liedjes zong die mijn vader vroeger draaide op een oude platenspeler in het souterrain – een ruimte die hij tot studio had omgebouwd toen mijn moeder hem de logeerkamer uit had gebonjourd. Ik herkende de Beatles. Cat Stevens. Bob Dylan.

Tot onze grote verbazing gaf Tim als eerste zijn mening: 'In de zomer halen ze hun magnetische toverstokken tevoorschijn en trekken zo het geld van anderen aan.'

'Verloren horloges,' viel Ellie bij.

'Sleutelringen,' voegde Andrea eraan toe. Ze leunde voorover naar Tim en kuste hem.

'De lijsten van ontbrekende foto's,' zei ik.

'Dans met me,' zei Kevin.

'Hierop?' Ik leunde tegen hem aan en keek naar de andere kant van de ruimte waar de barman hele amandelen uit zijn hand naar binnen werkte. Ik draaide me om naar Ellie, Tim en Andrea. Ik weigerde aan de zomer te denken, daarna weigerde ik aan mijn eindexamen te denken, omdat je misschien voor altijd beste vrienden kunt blijven, maar na de middelbare school zouden er brokken vallen. Ik zei ja, en Kevin pakte mijn hand. Hij droeg Wranglers en een sweatshirt. Ik legde mijn hoofd tegen zijn hals en liet mij door hem vasthouden. Kev kon overal tegelijk zijn, hij kon vóór je zijn, nek-aan-nek met je in strijd, maar als hij besloot dat hij bij jou wilde zijn, dan was hij dat ook heel echt. Nu zijn zij met zijn vieren op het strand, zonder mij: Tim en Andrea, Ellie en Kevin.

'We hadden voorzichtig moeten zijn.' Dat vertelde ik Kevin die zaterdagavond, toen hij me niet belde, maar in plaats daarvan langskwam – hij was door het raam geklommen, voor het geval mijn moeder thuis zou zijn, wat niet zo was. Mijn moeder was aan het cateren voor een geldinzamelingsactie van de medezeggenschapsraad, haar grootste project ooit. Ze had de hele dag staan bakken. Ze had gebakken, ze had aan de telefoon gehangen, ze had mij om hulp gevraagd en ik had gezegd dat ik niet kon, en toen ze begon te schreeuwen, stond ik niet op.

'Ik doe alles voor jou, Kenzie, en dit is wat jij voor mij doet,' brulde ze de trap op naar boven. Maar mijn problemen waren groter dan zij zich kon indenken, en ik was niet van plan haar te gaan helpen.

'Werk jezelf maar het lazarus,' zei ik fluisterend. Ik lag daar op mijn bed en ik staarde, en de flard lucht die ik door het raam kon zien veranderde van daglicht in roze en werd toen grijs – en toen was Kevin er, hij forceerde de hemel, brak erdoorheen en zei: 'Hé, Kenzie, wat is er?' Zijn ogen waren als licht dat probeert door een ruit naar binnen te dringen. De klauterpartij was van zijn gezicht af te lezen.

'Het gaat om ons,' zei ik. 'Om mij.'

Hij keek me eigenaardig aan, zittend op de rand van mijn bed. Het bed kraakte en de neonlichtjes van de klok hadden de kleur van vuurvliegjes.

'We hadden voorzichtig moeten zijn,' zei ik.

En toen huilde ik weer, en Kevin sloeg zijn armen om me heen, en hij hield me vast, hield jou vast, maar toen leunde hij achterover, met zijn hoofd in de toekomst. 'Wat ga je doen?' zei hij. De zon was ondergegaan en het bed werd rustig.

'Weet ik niet,' zei ik.

'De Newhouse School of Public Communications,' zei hij. 'De beste school voor jou in het land.'

'Weet ik.'

'En je moeder.'

En Yale maakte er ook deel van uit, en Kevins toekomst, en alles wat hij moest presteren vanwege alle anderen.

'Wat zijn jouw opties?' zei hij.

Jouw opties.

'Als je Hemingway leest, let dan op de voornaamwoorden,' zei juf Peri. 'De voornaamwoorden zullen je het verhaal vertellen. Het gaat om ik of het gaat om ons. Het gaat om wij of het gaat om hen. Verhalen horen bij iemand.' In een flits herinnerde ik me juf Peri, het nachtelijke zwerk achter

Kevin, de bijna volle maan, zijn armen om mij heen en om jou heen.

'Mijn vader is gestorven,' vertelde ik Kevin op dat moment.

'Ja,' zei hij. 'Weet ik.'

'Deze baby is deel van paps.'

'Maar jouw toekomst is jouw toekomst,' zei hij.

Misschien was ik toen zevenenhalve week heen. Misschien had ik mijzelf een maand lang voorgelogen, me ingebeeld dat zolang ik het niet wist, het ook niet zo was. Als ik je niet zou ontdekken, kon je er niet zijn – met groefjes als tenen, in gehurkte houding in het donker, anderhalve centimeter.

'Anderhalve centimeter,' zei Kevin, 'is maar zo veel.' Met zijn vingers liet hij de afstand zien.

'Ik weet hoe lang anderhalve centimeter is,' zei ik – en dat wist ik ook. Het was de lengte van het houtsplintertje dat mijn vader ooit met het geschroeide uiteinde van een naald uit mijn handpalm had gepulkt. Eruit gewrikt, beetje voor beetje. Hij pulkte, en weg was het.

10

'Bijna klaar voor Luis,' zegt Estela. Het is minstens een uur later, en al die tijd is ze met een grote, beschadigde lepel aan het werk geweest in een pan in haar keuken. Ik heb intussen in een smal schaduwstrookje op de binnenplaats gestaan, op de uitkijk naar een auto of een paard of iets, uitkijkend naar de zijkant van het huis naar Esteban die niet komt. Ik weet dat hij niet komt, maar nog steeds wacht ik op iets, op iemand. Eindelijk, na lang wachten, zie ik het.

'Ze komen eraan,' roep ik naar Estela.

'Luis?' vraagt Estela.

'Luis en de anderen.'

De lepel valt stil. 'Geen anderen.'

Maar het stof stuift alle kanten op. Ik weet het zeker: er zijn er zes op weg hierheen, vier mannen, twee vrouwen, allemaal oud, met hun schoenen rond hun nek geknoopt en een gitaar in de hand. 'Vier zijn er dun,' zeg ik. 'Twee niet.'

De buitenwereld in aantocht.

'¿Qué?'

'De mensen,' zeg ik. 'Ginds op de weg.'

'*Santa Maria, madre de Dios*,' zegt Estela, alsof ze me nu pas écht hoort. Dan hoor ik hoe ze de lepel in de buik van de pan gooit; ik voel de grond dreunen als ze mijn kant op komt stampen. Ze houdt haar hand tegen haar slaap, omringd door de geur van tomatenzaad en zout. Ze mompelt iets wat ik niet begrijp. Ze vervloekt de ooievaars en de schoorstenen.

'Wie zijn het?' vraag ik.

Ze zegt niets.

'Estela.'

'¿Qué?'

'Wie zijn het?'

Maar wat ze weet, houdt ze voor zichzelf, en al stampend loopt ze weer terug naar de keuken.

'Dek de tafel voor acht,' zegt ze.

'Maar zij zijn met z'n zessen,' zeg ik, 'en wij met z'n vieren.'

'Voor acht,' zegt ze. Meer niet. Estela's keuken, Estela's regels.

11

Ze zeggen dat ze over de *vega*, de vlakte, naar Granada zijn gelopen. Dat ze een bus naar Sevilla hebben genomen, met kleine teugjes ijskoffie hebben gedronken en gewacht hebben op een bus die ze naar een andere plek heeft gebracht, verderop, veel verderop aan deze weg. Ze praten luid, heffen de stelen van hun wijnglazen. Miguel schenkt de sherry in. Estela zegt niets en wil niet bij ons komen zitten.

Een uur, zo zeggen ze, tussen Sevilla en Los Nietos. Een uur lopen langs de benzinestations en de kraampjes langs de weg en de velden met sinaasappelbomen, de indringende geur en rijpheid van benzine en citrus. Een uur om naar deze plek te komen waar de gebouwen oranje, geel, wit zinderen in de hitte, met schoorstenen die dienen als ooievaarsnesten. Hoe verder ze Sevilla achter zich lieten, des te smaller werden de wegen. Dat is het verhaal dat ze vertellen. Hier wegkomen wordt voor mij dus een hele onderneming.

De lange heeft een hoekige kaak en een ingedeukte kin. De korte heeft een haakneus. De een lijkt te smelten als chocolade in de zon, haar borsten vallen neerwaarts onder het lage decolleté van haar jurk, haar kuiten glijden naar beneden tot op haar enkels. Ze zit met haar knieën wijd, haar jurk kruipt omhoog. Naast haar zit iemand, groot als een circusact, met een zakje om haar nek dat op een slablad lijkt.

In de keuken is Estela strijdlustig met haar mes bezig, ze hakt sinaasappels met een knal doormidden en smijt de helften in een schaal. Er zit waterdamp op het raam en in de kamer. Er zit waterdamp op Estela's voorhoofd en op haar wangen. Ze helpt weer een sinaasappel om zeep en kijkt niet op totdat ik uiteindelijk opsta en de binnenplaats oversteek.

'Wie zijn het?' vraag ik haar verward, terwijl ik weer naar binnen strompel en bij haar ga staan.

Ze heft haar mes omhoog en geeft een mep; de citrusvrucht spat uiteen.

'Estela?'

'Miguels vrienden,' mompelt ze uiteindelijk.

'Oké,' zeg ik. 'Miguels vrienden. Maar wat zijn het eigenlijk voor mensen?'

Ze kijkt op, werpt me een eigenaardige blik toe en gaat weer verder met haar moeilijke taak. 'De zigeuners van *Benalúa*,' zegt ze.

'Zigeuners,' herhaal ik.

'Sí.'

'Angelita, Joselita, Bruno, Rafael en Arcadio,' zegt ze. 'De zigeuners van Benalúa. En Luis.'

Daar gaat weer een sinaasappel. Het regent citrussap. Ze maakt er nog één een kopje kleiner, smijt de helften weer in een schaal. Ze reikt naar een fles op de plank boven haar hoofd. Giet wat sherry in een glas. Drinkt het staande op, met de rug naar mij toe. Op dat moment zie ik haar voeten. Zie dat ze andere schoenen heeft aangetrokken: absurde, veel te strakke schoentjes.

'Dit zou een feestje moeten zijn,' zeg ik. 'Een feestje voor Luis.'

'Laat me met rust.'

'Een feestje dat jij geeft.'

'Nou en.'

'Er zijn genoeg sinaasappels.'

'Ik kan tellen, hoor.'

'Estela.'

'¿Qué?' Ze slokt nog meer sherry op. Slaat naar wat stof in de lucht. Deze keuken, in deze hitte, is te klein voor twee. Ik stap naar buiten, naar het fletse zonlicht op de binnenplaats. Estela roept me terug.

'Je moeder heeft gebeld voor jou,' vertelt ze me.

'Met de telefoon?'

'Hoe anders?'

'Leuk,' zeg ik sarcastisch.

'Miguel zegt tegen haar: jij slaapt, jij zult terugbellen.'

'Ammenooitniet,' zeg ik.

'¿Qué?'

'Ik bel haar niet terug.'

Zij kijkt me lang en bevreemd aan.

'Kenzie, het Amerikaanse meisje,' zegt ze.

12

De hele middag gaan de zigeuners door met praten. Estela verroert zich niet, en het zonlicht blijft neerstorten. Ik kijk achterom en zie dat Estela niet meer in de keuken is.

Miguel heeft het een en ander vertaald: Luis de oom, Luis geboren aan de oever van de Guadalquivir, Luis, wiens moeder sigaren rolde en dood is, Luis de wees.

'*Éste fue el comienzo de la guerra,*' zegt de man die Rafael heet.

'*Éste fue el comienzo,*' zegt Angelita met het sieraad dat op een slablad lijkt, '*de Don Quijote.*'

Ik heb geen idee waar ze het over hebben. Geïnteresseerd doen lukt me niet. Er zijn vier deuren die vanaf de binnenplaats het huis ingaan. Ik hijs me uit de versleten stoel en ga naar de dichtstbijzijnde deur, draai de knop om en sta in de koelte van het huis. Het ruikt er naar stof dat nooit verplaatst wordt, naar stierenhaar en naar de zoetzure geur van paardenhooi. Hoog boven mijn hoofd bungelt een wespennest als een crêpepapieren kroonluchter – alles vreemd en niet van mij. Ik loop door de hal, naar de deur die toegang geeft tot de binnenplaats achter, waar Esteban in de zon zit, zijn rug tegen een paardenbox. Bella zit op zijn ene schouder, vol van een of ander lied. Op de grond ligt een leeg bord.

Ik stap de kookpot binnen van Estebans zon. Hij duwt zijn hoed naar achteren en neemt me in zich op – alsof hij me nog nooit eerder gezien heeft, alsof ik ook iets ben wat zorg nodig heeft. Sloffend baan ik me een weg door het stof om bij hem te komen. Ik bijt op de dunne binnenkant van mijn wang.

'Goeiemiddag,' zeg ik, in het Engels.

'Buenas tardes.'

Zeg eens wat anders, denk ik, terwijl ik hier sta. Maar dat doet hij niet. Hij zit mij maar aan te gapen. Ten slotte vraag ik hem wat hij aan het doen is. Hij antwoordt dat hij gewoon zit te zitten.

'Vind je het erg?' vraag ik. Vindt hij het erg, bedoel ik, als ik bij hem ga zitten, maar het is alsof hij geen beslissing kan nemen, of die beslissing te moeilijk is. Dan verplaatst hij het lege bord naar de ruimte rechts van hem en haalt zijn schouders op. Ik installeer me naast hem, mijn rug tegen de box en mijn gezicht in de zon. Bella blijft zingen, en na een poosje zet Esteban hem met twee vingers van zijn schouder af.

'Hij is gelukkig vandaag,' zegt Esteban, terwijl hij de vogel in de palm van mijn hand zet. Bella weegt niets. Hij is een en al veren en zang, en nu houdt hij zelfs op met zingen. Ver weg op de grote binnenplaats klinkt het geluid van gitaren, van zingende zigeuners.

'Heb je de boom gebouwd?' vraag ik.

Esteban knikt.

'Is het een mooie boom?' Bella fladdert en zweeft op mijn hand.

'Vraag het Bella maar,' zegt hij. 'Hij zal het je vertellen.'

'Ik spreek geen vogeltaal,' zeg ik, maar de woorden zijn niet te vertalen. Esteban staart me vreemd aan, draait dan zijn gezicht naar de zon. Waarom doe je zo? wil ik hem vragen. Wat heb ik je misdaan? En nu denk ik wat ik wel moet denken: ik laat jouw achterlijke stilte niet winnen.

'Wist je dat ze zouden komen?' vraag ik. 'De zigeuners, bedoel ik.'

Hij reageert niet.

'Ken je Luis goed?'

'Tuurlijk.'

'Weet je waarom Estela een hekel heeft aan de zigeuners?'

'Estela heeft haar redenen,' zegt hij.

Achter ons maakt Tierra, de gespikkelde merrie, een hinnikend geluid. Antonio, de koperkleurige volbloed, slaat met zijn staart naar een vlieg. Vanuit het duister van Estebans kamer hoor ik Limón zich druk maken. Dan draait Bella zijn kop in de richting van Limón, alsof hij op het punt staat weg te vliegen.

'Limón houdt niet van de zon,' zegt Esteban, alsof dat alles verklaart.

'Regent het hier ooit?' vraag ik.

'Soms.'

Ik wacht totdat hij me iets vertelt over hoeveel regen er valt in Spanje, over Luis en de zigeuners, over Estela, over de boom die hij heeft gemaakt uit dode twijgen voor de vogel die niet buiten in de zon wil komen, maar hij stopt abrupt. Dat is zijn verhaal. Soms.

'Waarom eet je niet samen met ons?' vraag ik hem nu.

'Ik eet graag alleen.'

'Maar het is Luis' verjaardag.'

'Dat is het altijd.'

'Is het altijd Luis' verjaardag?'

'Sí,' zegt hij. Dat is het.

'Je bent onmogelijk,' zeg ik tegen hem.

Hij zegt niet dat het niet zo is.

Hij duwt de hoed naar voren op zijn hoofd en verschuilt

zich in de schaduw ervan. Ik sluit mijn ogen tegen de felheid van de zon. Ik voel dat hij naar me kijkt. Als ik me omdraai, draait hij zijn ogen echter van mij weg. 'De paarden houden niet van de regen,' zegt hij dan. Dat is alles wat hij te zeggen heeft, en daar zitten we dan. Het lied van de zigeuners stijgt omhoog over de lange vleugel van het huis. Bella slaat zijn vleugels uit en sluit ze weer, en blijft zitten. Ik voel me steeds misselijker worden van de zon. Van ergens ver weg in het huis hoor ik Estela mijn naam roepen, en nu zet ik mijn eer op het spel door hier te blijven zitten. Ik stel hem nog één vraag: 'Heb je hier altijd gewoond?'

'Nee,' zegt hij langzaam. 'Nee.'

'Waar woonde je dan daarvoor?'

'Bij mijn moeder en mijn vader,' zegt hij. Hij schudt zijn hoofd alsof het een te lang verhaal is, alsof ik het niet zou kunnen begrijpen, zelfs als hij de tijd had om het uit te leggen. Alsjeblieft, wil ik zeggen. Vertel het me maar gewoon. Dan gaat kreunend de deur van de cortijo open en Estela sleept zich erdoorheen. Bella verlaat mijn hand voor die van Esteban. Half vliegend, half springend, zijn vleugels sluitend.

'Iets is gekomen voor jou,' zegt Estela tegen mij en geeft me een blik die zo hard aankomt dat ik mijn spieren ineen voel krimpen.

Ze steekt haar hand in de zak van haar schort en vist er een brief uit.

'Mijn moeder?' vraag ik.

'Niet je moeder,' zegt ze. 'De jongen. *Jouw* jongen.' Ze kijkt van mij naar Esteban en slaat haar handen tegen haar heupen.

13

*E*enentwintig woorden. Eén brief, eenentwintig woor-den, een gezamenlijke inspanning: *we kijken, we wen-sen, wij allemaal, we missen.* Niet: *we komen je halen.* Niet: *ik ben er voor je.*

'Let op de voornaamwoorden,' zei juf Peri.

Liefs, Kev.

Ik lig op mijn rug op mijn bed en kijk omhoog, ik tel de scheuren in het plafond, ik haal oppervlakkig adem, om-dat als ik dat niet doe, ik doodga, ik ophoud te bestaan. Kevin en Ellie en Andrea en Tim zijn in Stone Harbor, ze halen broodjes pindakaas uit het koelvak bij de *Kmart* en stengels bleekselderij voor Ellie. En ik zit hier, met jou, op een vreemde plaats met nog vreemdere mensen. Waar het volgens de kalender, die in Miguels oude bibliotheek hangt, half juli is, en waar ik alleen maar kan denken aan het gala op school, toen ik een perfecte demonstratie gaf van doen alsof ik niet overtijd was. We dansten met ons vijven in de kleren waarin we van huis waren gegaan: Andrea in belachelijk geel, ik in mandarijn, Ellie in een roze geval dat opkroop, alsof ze een of andere vroege zomerbloem was. De jongens droegen een pak, geen smoking, en dassen zo fleurig als vogels. En het was allemaal Ellies idee, Ellie had gezegd: 'Kenzies paps zou dit voor Kenzie willen. Hij zou ons op de foto zetten en in een lijstje doen.'

Wij vijven op de foto.

Zes.

Eén ader naar binnen. Twee slagaders naar buiten.

We hadden een overeenkomst gesloten. We waren in Kevins auto geklommen en zagen eruit als het firmament waaruit juist op dat moment de zon was verdwenen. En natuurlijk was het gala een flop. De locatie was een conferentieoord uit de jaren 60: een groot brok beton neergesmeten in een woestenij van asfalt, met twinkelende lichtjes bij de deur toen we naar binnen gingen. 'O, kijk hier eens,' zei Ellie. Ze stond bij de ingang en keek naar een bordje waarop stond: WELKOM SHIPLEY. Ze leunde voorover naar het bordje, omdat ze maar zelden haar bril droeg, want met bril, zei ze, beschuldigden de mensen haar ervan dat ze bijdehand was. Ellies overgrootvader was Mongools, en als zij haar ogen tot spleetjes kneep, viel dat op: die exotische uitstraling rond haar ooghoeken. Die benijdenswaardige schoonheid van haar eigen unieke anders-zijn. Een meisje als Ellie zou je nooit met een ander verwarren.

We liepen door een tunnel van ballonnen de gang door. Dr. Kane, onze directeur, kwam ons tegemoet, gekleed in zijn favoriete, bruin-met-blauw-geruite, doordeweekse colbertje. Het was een dj-dance. De zaal was lang en had een bronzen spiegelwand waardoor we dubbel zo groot leken. Na een poosje gingen we dansen. Kev en ik, en Andrea en Tim, toen wij allemaal samen waren, omdat Ellie van ons was, bij ons hoorde. En ook omdat Ellie deed alsof alleen-zijn vreselijk cool was.

'En wie is het meest vrij van allemaal?' vroeg ze dan.

We maakten ons zo snel mogelijk uit de voeten, met Kev aan het stuur op een smalle, bermloze weg, totdat hij af-sloeg en we terechtkwamen op een weggetje, zo smal als een armbandje, dat een bocht naar rechts maakte en toen naar links afdaalde – en dat was de plek waar we de herten vonden: minstens acht stuks, die ons bleven aanstaren met ogen als gouden schijfjes. Kevin bracht de wagen tot stilstand en liet ze passeren. We waren nu op het platteland. Bij een oud kippenhok en een stenen bruggetje en een huis dat op instorten stond, naast een bloeiende appelboomgaard. De weg daalde en klom weer steil omhoog, en ten slotte minderde Kevin vaart en zette de auto stil langs de kant van de weg.

'Dit is het,' zei hij. Ik draaide me om en keek naar hem, omdat het daar donker was. Voorbij de weg was het terrein heuvelachtig, maar bovenal was het een landschap waarvan Kevin wist dat we het niet kenden. 'Blote voeten, denk ik,' zei Ellie en ze gooide haar schoenen achterin. Ze deed het portier open en stapte uit. Tim en Andrea volgden, terwijl ze hun schoenen achter zich keilden, zodat ze later op het ochtendgloren moesten wachten om ze terug te vinden. Het was begin maart, niet eind maart, en het was koud.

Kevin ging voorop. Wij volgden. Hand in hand, omdat het donker was en er slechts een driekwart maan was om ons de weg te wijzen, en bovendien waren er ook nog eens wolken die het licht tegenhielden. De grond liep naar beneden; het was koud. Ik merkte dat de zoom van mijn jurk vochtig en groen begon te worden. Toen werd de grond stabiel en vlak. En verderop, in het westen, lag een glanzende poel, alsof de maan op de grond was gevallen. Er was een molenhuis, verzakt en bouwvallig. Oud en lang geleden verlaten. Een groot blok berkenhout stak woest door de houten deur van de maalderij.

Naar binnen gaan door die deur was onmogelijk; dus tilden ze ons op, door de lege vensterkozijnen. Tim klom als eerste naar binnen. Toen werd Andrea naar beneden gelaten. Ik volgde, en daarna Ellie en Kevin. Binnen bestond de grond uit oud hout en mos en modder, er lag een stapel bierblikjes, van mensen die er vóór ons geweest waren, en een boek dat iemand had achtergelaten; het was te donker om te zien welk boek. Kevin deed zijn jas uit en spreidde die uit op de grond. Tim ook. Nu leek het net alsof de ruimte aangekleed was. We gingen zitten, bijna in een cirkel. Ellie vroeg of er vleermuizen waren.

'Vleermuizen?' vroeg Kevin.

'Ze hebben vleugels,' zei Ellie. 'Ze hangen ondersteboven. Ze kakken guano.'

Daarna zei niemand iets. We zaten daar allemaal maar te zitten, wachtend en luisterend naar de stilte van de nacht, naar de geluiden buiten het molenhuis. Een vos, dacht ik. Of een uil op rooftocht.

'Dus dit is het dan,' zei Andrea ten slotte. 'Het grote galabal.'

'Dit is het,' zei Kevin.

'Wat gebeurt er hierna?' vroeg Ellie. Het enige wat ikzelf wist, was dat ik het grootst mogelijke verlies had overleefd – dat paps dood was, terwijl ik nog leefde. Dat dacht ik althans, hoewel ik weken overtijd was en je heus nog wel ergere dingen kunnen overkomen dan de dood van je pa. Het kan vreemd lopen. Je kunt terechtkomen op Los Nietos in een kamer die niet van jou is, terwijl je de eenentwintig woorden van je vriendje in je hand houdt. Je kunt uiteindelijk wensen dat de tijd tastbaar is – iets wat je terug kunt pakken, een deel ervan anders kunt doen.

'Laat Kevin schieten,' zei mijn moeder tegen me. 'Kijk wat hij jou voor goeds gebracht heeft.' Mijn moeder, de grootste hypocriet in het land. Ze was gek op Kevin. Ik haal oppervlakkig adem. Ik tel de scheuren.

14

Als ik mijn ogen opendoe, zit ze op de rand van mijn bed, een kom in haar handen, en een lepel.

'Je hebt niet gegeten,' zegt ze.

'Ik heb geen honger.'

'Rechtop zitten.'

Ze kijkt mij in de ogen en ik kijk in de hare en, voor die ene seconde althans, vergeeft ze me het feit dat ik met Esteban in de zon heb gezeten. Ze vergeeft me, omdat zij hier ook alleen is – omdat op de een of andere manier haar feestje niet het feestje is dat ze al die tijd van plan was te geven.

Op de binnenplaats zingen de zigeuners een lied, in een poel van maneschijn. '*Gazpacho*,' zegt Estela tegen mij, terwijl ze het kussen achter me goed legt, en de soepkom op mijn schoot zet. Dan draait ze zich om. Ze kijkt naar Arcadio in de *loveseat*, hij heeft zijn gitaar op zijn knie en slaat hard met zijn vingers tegen de snaren. Angelita trekt aan haar jurk, alsof het een dier is dat ze niet kan vertrouwen, terwijl ze intussen met de castagnetten kleppert. Joselita slaat op het halve vat, en wat Bruno ook zingt, Rafael probeert diezelfde klanken te bereiken met een deuntje van eigen makelij. Het lied gaat over iets zwarts met vleugels.

Ga met me mee,
ga met me mee,
zeg tegen je moeder
dat ik je neef ben.

Ik kan niet helder denken
als ik jou op straat zie.
Ik kan niet helder denken,
blijf maar naar je kijken.

'Eten,' zegt Estela.

Ik neem een hap.

'Wat wilde de jongen?'

Ik schud mijn hoofd.

'¿Qué?'

'Eenentwintig woorden,' vertel ik haar.

'Poeh,' zegt ze. 'Getallen zeggen niks.'

Ze ruikt naar zeepsop en sinaasappelsap, naar dille, zweet en munt, naar jam en naar gesmolten boter. Ik pak nog een lepel vol gazpacho, en ik bedenk hoe beroemd Estela zou worden als ze naar Amerika kwam, daar een restaurant begon en gerechten als deze serveerde. Zij zou mijn moeder nog heel wat kunnen leren. Ze zou een nieuwe jurk voor zichzelf kunnen kopen.

'Ze aten mijn varkensvlees met hun handen,' zegt ze, met een knik naar de binnenplaats, waar Joselita en Angelita nu met elkaar dansen, de handen hoog boven hun hoofd. Belachelijk kleine handen. Een belachelijke dans. En dat ding dat nog steeds als een kraag van slabladeren om Angelita's nek hangt. 'Olé,' zegt Luis, terwijl hij zijn hand op zijn hart legt. Het bed kraakt onder Estela's gewicht. Ik neem nog een lepel soep.

'Omdat je eten onweerstaanbaar is,' vertel ik haar.

'Onweerstaanbaar?' Ze herhaalt het woord. 'Wat is dat – onweerstaanbaar?' Ze wacht niet op een reactie. Ze wrijft met haar hand langs haar ogen.

'Je moet naar buiten gaan,' zeg ik. 'Naar het feestje.'

'Dat is niet mijn feestje.'

'Het zijn jouw gasten.'

'Joselita, de dochter van een paardenhandelaar,' zegt ze. 'Bruno, met twee dode vrouwen. Rafael, de zoon van een messenslijper. Arcadio, de minnaar. Angelita. Alsjeblieft. Wie kan Angelita uitstaan? Kijk naar die vrouw. Haar omvang.'

Ze is niet veel dikker dan jij, denk ik, maar ik zeg het niet. Ik wacht tot ze me de echte reden van haar komst vertelt.

'Je gaat terugschrijven aan die jongen,' zegt ze. 'Als je op-hebt je soep.'

'Kan ik niet,' zeg ik.

'Wat kun je niet?'

'Terugschrijven.'

'En waarom niet?'

'Eenentwintig woorden,' zeg ik.

'En jij vindt dat een probleem? Het is toch het vriendje, ja? Hij is de vader? Je houdt van hem?'

'Hij is aan de andere kant van het heelal.'

'Nou en? Je houdt van hem of je houdt niet van hem. Afstand speelt geen rol.'

'Is dat zo?'

'Ja. Sí. Zeker weten.'

'Wat weet jij daar nu van, Estela?' vraag ik. Ze kijkt me lang en hard aan, alsof ze bij zichzelf overlegt wat ze me gaat vertellen, gaat besluiten wie ik ben.

'Jij kent *Triana* toch?' zegt ze uiteindelijk. 'Je hebt gehoord van overstroming in Triana? In februari 1936?' Ik schud mijn hoofd, maar dat maakt niet uit, want nu Estela begonnen is, kan ze niet meer stoppen – ze gaat maar door over Triana en een Spaanse rivier en de Arabieren en die Spaanse rivier. Hoe ze dammen en dijken aanlegden en de bodem zo vruchtbaar maakten dat de vogels melk maakten in hun nesten.

'Melk in hun nesten?' vraag ik.

'Jij luistert naar mij,' zegt ze. 'De christenen hebben geruïneerd de rivier. Zij lieten overstromen de rivier en lieten wegstromen het water. In de zomer de rivier was uitgedroogd. In de winter een stinkende moerasvlakte. Triana: de stad van de overstromingen.'

'De stad van de overstromingen,' herhaal ik.

Alsof ik niet heb opgelet, zegt ze: 'Triana, aan de andere kant van de rivier, tegenover Sevilla.'

'Gesnapt. Triana.'

Ze draait zich om, staart mij aan, staart weer door het raam naar buiten en vervolgt:

'In februari 1936 de ergste overstromingen plaatsvonden. De rivier kwam in keukens, spoelde overhemden door de straten, dreef schoenen in steegjes en ontwortelde bomen. We zetten de kippen, en ook andere dieren, op de daken. Soms we hoorden het geluid van pistoolvuur en van mensen die riepen: "Help ons alsjeblieft!" "Haal de slager!" "Een vroedvrouw!" Maar de regen stopte niet, alles werd meegesleurd: treinlocomotieven en steigerplanken, schildpadden en plantenbakken, manden en paardenkarren. Soms zelfs een paard, met de hoeven ondersteboven en een gebroken nek.'

'Oké,' zeg ik, zodat ze niet vergeet dat ik er ben.

'We waren gevangenis op de rivier,' vervolgt ze. Corrigeert zichzelf: 'Gevangenen. Gevangenen op de bovenste verdieping, geen dak op ons hoofd. Boven ons hoofd.'

Er waren mensen in boten, vertelt ze mij. Mensen die hele broden naar de daken gooiden, en minimaal een week lang was dat alles wat ze te eten had: nat brood. Nat brood – het leek wel een nachtmerrie, alleen maar nat brood. Dacht dat ze zou doodgaan van nat, nat brood – en dat was het moment waarop Luis opdook met zijn boot. 'Jong en knap,' zegt ze.

'Was hij knap of niet?' vraagt ze, maar het is niet echt een vraag. Het zijn Estela's herinneringen.

Ik kijk door het raam, de nacht in, naar Luis – een oude man in een stoel vol kussens, wit haar, een joekel van een neus, de omslag van zijn broekspijpen hoog boven zijn enkels. Hij leunt voorover, naar de voet waarmee hij op de grond tikt. Er zit lucht tussen de knopen van zijn overhemd. 'Hij gooide snoep naar ons,' zegt Estela. 'Zilverpapier. Boterbabbelaars. Weet je wat tijd is?'

'Nou?'

'Tijd is afstand.'

'Misschien.'

'Afstand is niet het einde van de liefde.' Ze raakt haar hart aan en sluit haar ogen. 'Jij moet hem schrijven, Kenzie. Als je houdt van hem.'

'Misschien houdt hij niet meer van mij. Misschien is dat het geval.'

'Ken eerst je eigen hart. Wees voorzichtig.'

'Estela,' vraag ik, 'wie zijn Javier en Adair?'

'Je zult kennismaken,' vertelt ze me. 'Op een dag.'

'Ik wil nu kennismaken,' zeg ik. 'Ik wil ten minste één ding weten.'

'Alles op zijn tijd,' zegt ze. Zonder de indruk te geven dat ze het echt meent.

15

De hele nacht door maken de zigeuners muziek. Ze zingen: 'Jouw liefde is als de wind en de mijne als een steen die nooit van zijn plaats komt.' De klanken knallen de lucht in, de liederen trillen, de tijd en ook de afstand schuiven voorbij, totdat het maanlicht verflauwt en eindelijk droom ik: Kevin in een boot op een veld met drijvende stieren. Ellie met een stel purperen vleugels. Geen lichten op straat, alleen glimmende snoepjes. En dan zie ik de verzopen spullen door de nauwe straatjes kolken, stromen.

'Wat wil je dat ik doe?' vroeg Kevin de dag voor mijn vertrek. 'Wat wil jij het liefst?'

'Help me erdoorheen. Kom naar Spanje.'

'Naar Spanje komen? Dat kan ik niet. Je weet dat ik dat niet kan.'

'Omdat je het aan niemand wilt vertellen.'

'Omdat er een andere manier was.'

'Omdat jij je schaamt.'

'Omdat de baby zó groot is.' Hij laat ruim een centimeter ruimte tussen zijn vingers zien. 'Omdat je dit niet hoeft te doen.'

'Ik vraag je alleen maar met me mee te gaan. Alsjeblieft.' Hij zit op de rand van mijn bed en kijkt me aan alsof we nooit voor altijd elkaars beste vrienden waren geweest, alsof hij me nooit had aangeraakt zoals nog nooit iemand me had aangeraakt, alsof we op een ochtend niet wakker waren geworden – naast elkaar. Ik ving een glimp van ons op in de spiegel aan de andere kant van de kamer – de mascara stroomde langs mijn gezicht, zijn groene ogen stonden vreemd en hol.

'Wat jij wilt, is dat ik met je meega naar Spanje, dat ik de baby zie groeien, dat ik jou het kind zie baren en dat ik dan naar huis ga. Dat wil je.'

'Dat is mijn leven, Kevin. Op dit moment. Zo ziet het eruit. Waarom zou het ook niet jouw leven zijn?'

'Ik kan het niet,' zei hij. 'Ik kan het gewoon niet.'

'Alles wat je nu doet, is iets wat je voor een ander doet of wat je een ander aandoet,' zei de dokter later die dag tegen mij, toen ik alleen in de onderzoeksruimte was, met mijn voeten in de beugels, mijn derde afspraak. 'Je leeft voor twee. Wees voorzichtig.'

En dat is het dan. Zo zit het vandaag; ik kan het niet uitstaan. Ik kan het niet uitstaan dat ik hier ben, in mijn eentje, onzichtbaar maar ook steeds omvangrijker. Ik kom stuntelig van het bed af en neem een douche met koud water, waaraan ik niet kan wennen; ik laat het koude, koude water branden. Ik hijs me in een jurk, ga de gang door, steek dwars de binnenplaats over. Het is alsof ik hier niet ben, alsof ik al weg ben, alsof ik vier maanden na nu weg zal zijn. Ze was hier en toen was ze er niet. Doen alsof het nooit gebeurd is. Ik loop onder de betegelde poort door, langs de krijtstreep van een weg. De stieren op hun heuvels zijn net zwarte peper. De cactussen vormen een borstelig struikgewas. Afstand is afstand, en ik blijf maar lopen, naar het oosten, richting Sevilla, en de zon komt op, ze brandt – en het enige wat ik wil, is buiten mijn eigen hoofd zijn, buiten dit alles, op een plek die geen deel uitmaakt van mij. Maar het enige waaraan ik moet denken, nog steeds, is Kevin, en hoe hij altijd alle gokkers op hem liet gokken. De lacrosse-scout voor de zomercompetitie. De *Ivies* met hun studiebeurzen. De kinderen die daadwerkelijk de moeite nemen hun stem uit te brengen voor de leerlingenraad.

Ik zie zonnebloemen op de akkers in plaats van stieren. Ik zie huizen waarin niemand woont, paarden die door niemand bereden worden, een man op een muildier dat voorbij trippelt. Ik zie verlaten bronnen en stoom aan de einder, een kat die de weg oversteekt, en ik krijg nog steeds niet genoeg afstand.

Eenentwintig woorden, en een bundel wij's, alsof ik met vakantie ben. Alsof het enige wat ik hier in de woestenij van Spanje nodig heb, een armzalige groepsknuffel vanaf de kust is.

Kenzie is naar Spanje gegaan. Cool. Ze leert koken.

16

Tegen de tijd dat Miguel me vindt, ben ik halverwege naar nergens. Ik hoor Gloria en kijk op van mijn plek langs de kant van de weg. Daar is ze – een speelgoedautootje op een stoffige weg, snelheid minderend. De auto komt slingerend tot stilstand. Gloria's achterwielen spinnen.

'Waar wilde jij in vredesnaam heengaan?' vraagt hij. Hij laat Gloria midden op de weg staan. Klimt eruit en loopt op me af. Boos. Ik besef dat ik heb gehuild en dat ik niet wil dat hij het ziet.

'Instappen,' zegt hij. Hij biedt mij zijn arm aan zodat ik overeind kan komen. Hij neemt de tijd, hij is in de allereerste plaats immers een heer, een Spaanse prins voor koningin Estela.

Hij doet mijn autodeur open en gooit die met een klap achter mij dicht. Hij perst zich aan zijn kant in de wagen en staart naar de weg, doelloos. 'We hebben gezocht naar jou de hele morgen,' zegt hij. 'Angelita en Estela en Luis. Esteban. Iedereen aan het zoeken.'

'Sorry.' Ik leun met mijn hoofd tegen Gloria's raam, sluit mijn ogen.

'En waarom wil jij weg?' Hij steekt zijn hand op tegen de warmte, tegen de dag, tegen de akkers, tegen de weg. Hij kijkt me aan met zijn ene goede oog, zet de auto in de versnelling en Gloria komt in beweging.

'Ik moest weg,' zeg ik, wetend hoe stom dat klinkt, hoe

verward ik moet lijken. 'Ik moest weg – van mezelf, bedoel ik, weg van mezelf.'

'En jij denkt dat het is mogelijk?'

'Weet ik niet. Ik wilde alleen maar…'

'Ik heb beloofd aan jouw moeder,' zegt hij. 'En aan Javier en Adair.'

'Sorry.'

'Wij zorgen voor jou, dus jij zorgt voor de baby. Vier maanden nog, sí? Dan het is voorbij.'

'Maar dat is het niet,' zeg ik. 'Het zal niet over zijn. Ik zal hier altijd zijn. Een deel van mij. Hier en niet daar. Gewoon voor altijd.'

Ik schud mijn hoofd, bedwing mijn tranen, voel jou binnen in mij, voel dat Miguel me met zijn ene oog aankijkt. De weg trekt als een waas aan me voorbij, totdat Miguel uiteindelijk stopt bij een benzinestation om te bellen.

'Hoe gaat het nu met je?' vraagt hij mij.

'Goed.'

'Spreek je de waarheid?'

'Miguel,' zeg ik, 'ik voel me goed.'

'Dan hier blijven,' zegt hij, met een strenge blik op zijn gezicht. Teruggekomen rijdt hij in stilte verder. Oost, hij rijdt naar het oosten. Weg van Los Nietos.

'Waar gaan we heen?' vraag ik hem ten slotte.

Hij rijdt maar door en rijdt maar door, in een nieuw soort stilte.

'Puerto de Sevilla,' zegt Miguel na lange tijd. 'Carmona.' Hij komt remmend tot stilstand naast een vestingruïne en parkeert de auto. Ik open mijn autodeur en gooi die met een klap achter me dicht. Ik kijk omhoog naar de poort en vervolgens erdoorheen.

'Deze kant op,' zegt hij, en ik volg in zijn schaduw. Hij kijkt achterom om te zien of ik hem wel volg.

'Ik ben hier, achter jou,' zeg ik.

Er kan geen lachje af.

De huizen lopen samen op. Er is de flikkering van och-tend-tv, het geluid van pannenbodems op kachels, een spelletje knikkeren op een veranda. Het gaat heuvelop heuvelaf. Het buigt en draait. Het is wit alsof iemand een fles bleekwater omver heeft gegooid, alsof de zon alle an-dere kleuren heeft weggevaagd. Dan is er de kleur van beton of van citroenen of van lucht; het is okersteenrood in hoog oprijzende torens – gracieus, stralend. Miguel kent één tempo, ongeacht of we dalen of stijgen – langs stenen leeuwen, fonteinen, houten deuren, handgesmede deur-scharnieren, totdat we bij een bar komen met een dikke, glazen deur. Een oude vrouw met een heuvelachtige neus opent de deur.

'Hier wachten,' zegt Miguel tegen mij. 'Niet bewegen.' Ik gehoorzaam. Hij gaat net achter de deur staan, draait een nummer op een munttelefoon. Ik hoor hem nu met Estela praten, maar hij zegt dingen in het Spaans die ik niet kan verstaan. Onder aan de heuvel, in de bocht, verschijnt een priester met een handvol jonge katjes, hun roze tongetjes als bloemblaadjes in hun bekjes. Aan de andere kant van de weg zit een vrouw op een krukje, een speldenkussen-armband rond haar pols en een wandkleed op haar schoot; haar naald gaat op en neer in twee witte duiven.

Ten slotte gaat de deur open en staat Miguel weer in de zon. We lopen door de smalle, witte straten – het is alsof we tussen lakens lopen die te drogen hangen. Door de witte muren krijgen de kinderkopjes een blauwe tint.

'Estela is niet blij,' zegt hij.

'Heb je haar verteld dat ik spijt heb?'

'Je doet dat zelf,' zegt hij, 'als wij zijn thuis.'

Thuis.

Hij kan niet menen dat ik denk dat dit thuis is.

Nu steekt hij zijn hand uit en hij zegt dat ik een stapje opzij moet doen. Hij wijst naar de lucht, en ik hoor wat hij hoort – een liedje op het carillon en ook een flamencolied – en plotseling vraag ik me af wat er gebeurd zou zijn als ik vanmorgen een plan had gehad. Als ik niet na het wakker worden een koude douche had genomen en in het wilde weg was gaan lopen. Denk vooruit, zei Kevin altijd, maar ik weet niet hoe ik moet denken of waarover ik moet denken. Dan zie ik, in de bocht in de weg, een bruid en een bruidegom met gevolg verschijnen. Plotseling denk ik aan jou – wat zou ik graag willen dat jij dit zou kunnen zien, dat ik jou eens zou kunnen vertellen hoe er aan het eind van de optocht een varken opdook en dat vier jochies dat varken door de straten joegen.

Je ogen zitten aan de zijkant van je hoofd, en dan verplaatsen ze zich naar voren. Het zijn zwarte zaden, ze schitteren. Ik kan me niet voor de geest halen of het al gebeurd is. Je bent allang geen anderhalve centimeter meer. Je bent een baby, mijn baby, maar dat zul je niet zijn. Je bent het niet. Je bent van Javier en Adair, en ik weet niets over hen – ze vertellen me niets.

'Ik wil tonen iets aan jou,' zegt Miguel, als de stoet weg is, hoewel we de jongens nog steeds kunnen horen gillen. Hij neemt me mee naar de andere kant van de stad. 'De dodenstad,' zegt hij. Het is een lage heuvel, sereen in de schaduwen van een groep cypressen. We lopen tussen dunne plaatachtige stenen muren door, naar beneden, naar een uit zand opgetrokken wereld, een wereld van Romeinse ruïnes.

'Tweehonderd graven,' zegt Miguel. 'Ga maar kijken.' Hij blijft waar hij is. Ik loop alleen langs muren die uit aarde lijken te zijn gebeeldhouwd, ik loop naar ruimtes die dat ook echt zijn. Alles is tijdloos, alles is vredig, alles is zoals het altijd moet zijn geweest. Voorbij is voorbij; dat is eeuwigdurend.

Na lange tijd vind ik Miguel, in een ruimte met urnen. Het zwerk vormt het dak. De zon is verblindend.

'Wie zal er bij me zijn als mijn baby geboren wordt?' vroeg ik mijn moeder.

'Miguel regelt dat allemaal,' zei ze.

'Wat gebeurt er daarna?'

'Dan ga je naar Newhouse, tweede semester. Je zegt dat je in het buitenland bent geweest.'

Niemand zal iets van jou weten. Daar stuurde mijn moeder steeds op aan. En jij zult ook niets van mij weten. Maar Miguel zal het weten, en hij heeft me hier gebracht. Naar deze plek waar de geschiedenis steeds aanstuurt op verdwijnen.

17

Miguel rijdt; het stof op de weg stuift alle kanten op. Mijn haar raakt in de knoop. Miguel zegt: 'Je hebt dus mogelijkheden voor koken?'
'Nee,' zeg ik. 'Niet echt, denk ik.'
'Estela zegt: jij hebt de mogelijkheden.'
'Grappig,' zeg ik.
Er kan geen glimlach af.
Ik vraag me af wat ze nog meer zeggen als ze het over mij hebben. En hoe vaak dat gebeurt. En wanneer. Ik vraag me af of Miguel enig idee heeft van hoe ik mij voelde, toen ik me realiseerde dat ik niet naar het strand zou gaan. Dat mijn moeder mijn spullen had ingepakt, peseta's had gekocht, mij geen andere keus had gelaten dan een verkeerde. Dat Kevin niet voor me op wilde komen of samen met mij door deze situatie heen wilde gaan. 'Niemand mag het te weten komen,' zei mijn moeder. 'Er is iets tussen gekomen,' vertelde ik de anderen. 'Een baby is een baby,' is wat ik Kevin aan het verstand probeerde te brengen, steeds maar weer. 'Ga met me mee.'
De weg splitst zich. Miguel stuurt Gloria de smalste van de twee weggetjes op, waar de hoofden van de zonnebloemen zich afwenden. Een andere zandweg met diepe voren verwijdert zich van de hoofdweg, op weg naar niets.
'*Etch a sketch*, ets een schets,' zei Kevin doorgaans, als hij een verandering wilde van uitzicht, van omgeving, van onderwerp. 'Etch a sketch, etch a sketch.' Ellie zei het ook.

'Waarom heb je me naar de dodenstad gebracht?' vraag ik uiteindelijk aan Miguel.

'Omdat het is vredig daar.'

'Om de vredigheid?'

'Sí.'

Ik wacht, maar hij zegt niets meer. Er komt geen einde aan de weg, en ik vraag me af hoe Miguel in vredesnaam kan denken dat ik ergens vrede kan vinden – laat staan daar, tussen dode mensen.

'Heb je me daarom naar Carmona gebracht?'

'Sí. Zodat jij ophoudt met huilen. Omdat het is vredig.'

Ik geloof het niet echt, maar ik veronderstel dat ik toch maar moet stoppen met huilen. Ik veronderstel dat ik dankbaar moet zijn dat hij het althans probeert; hij doet tenminste zijn best.

'Wat heb je uitgespookt?' Dat zei mijn moeder, toen ze eindelijk in de gaten had dat er iets niet goed zat, dat het met mij niet goed zat. Toen ze me in de badkamer hoorde kotsen. Toen ze naar boven kwam om te vragen wat er aan de hand was. Ik lag op de tegelvloer naast het toilet, en ik keek op. Ze stond daar, ze torende boven me uit, haar gezicht omzoomd met haar. Haar oogleden waren rood, zoals altijd wanneer haar woede zich een weg baant naar buiten.

'Geef antwoord.'

'Het gebeurde gewoon,' zei ik. Alles draaide: de lamp boven haar hoofd draaide, en de witte vloer was de witte muur was de wasbak die gigagroot leek. Ik sloot mijn ogen en probeerde ervoor te zorgen dat de kamer niet langer tolde. Ze stond daar boven mij, naar beneden te staren.

'Jij, Kenzie, jij?'

Ik deed mijn ogen open en sloot ze weer.

'Ik heb je anders opgevoed.'

'Het gebeurde gewoon.'

'Het gebeurde niet zomaar.'

'Ik kan er niets aan doen.'

'Wie weet ervan?'

'Niemand.'

'Niemand?'

'Kevin. Kevin weet het.'

Ze droeg iets grijs, en het grijs zag eruit als onweer. Zij was daar boven en boog zich niet naar mij voorover. Ze zag eruit als een reus in een kinderboek dat ik had gelezen. Ik probeerde me te herinneren welk boek het was.

'Ik bel dokter Sam. We gaan dit oplossen.'

'Oplossen?' vroeg ik. Plotseling moest ik weer braken, knokkels op het toilet, knieën op de vloer. Mijn haar viel omlaag in mijn gezicht, en ik huilde ook omdat het zo vreselijk zeer doet als je zo erg moet kotsen en niemand je wil helpen.

'Ik wil er niets van weten,' zei ze.

'Paps is hier niet,' zei ik, 'en je kunt me niet dwingen.'

'Wat zullen de mensen wel niet denken?' jammerde ze.

'Denk je aan jezelf, mam, of aan mij?' Ik keek omhoog naar haar en moest weer overgeven. En alles wat ik kon zien, achter mijn gesloten oogleden, was het rood van haar oogranden en het onweer van haar jurk en het monster in dat kinderboek, welk boek het ook was. Ik wist dat de herinneringen aan de dagen na mijn vaders sterven, toen ik het duistere gejoel in mijn hoofd niet tot zwijgen kon brengen, niet van haar geweken waren. Toen ik niet zei: 'Jij betekende alles voor paps.' Ik kon niet zeggen: 'Hij wist dat je van hem hield.' Het duister bleef duister... En ze vond me minder aardig. Ik voelde het. Maar ik kon het niet voor elkaar krijgen. Misschien is ze toen wel opgehouden van me te houden. Of misschien heeft ze wel nooit echt van me gehouden. Maar ik moest kotsen en ze wilde me niet helpen. Uiteindelijk zei ze dat het Sevilla zou worden of niets. Ik koos Sevilla.

Ik koos Sevilla, omdat ik – in mijn hoofd – jou kon zien. Je was als een film die al begonnen was. Soms haalt het lot mensen onderuit, voordat ze ook maar de kans hebben gehad zich er klaar voor te maken. Ik ben het lot niet. Ik zou het niet kunnen. Noem me maar een idioot. Noem me maar egoïstisch. Een onnozele centimeter. Maar dat was je niet voor mij.

'Miguel,' vraag ik, 'heb je hier altijd gewoond?'

'Sí,' zegt hij. 'Dit is mijn land.'

Hij neemt beide handen van het stuur om de lange weg voor ons aan te wijzen. Om de groene akkers te laten zien, de bronnen.

'Wanneer halen ze je beste stieren op?' vraag ik.

'Al gauw,' zegt hij. 'Als ze zijn klaar.'

18

Estela doet alsof ik een heel jaar te laat ben op de plek waar ik beloofd had gisteren te zijn. Ze reikt me een schaal aan, wenkt met haar duim en houdt haar schouders omhoog, alsof ze zichzelf wil beschermen tegen mijn ondoorgrondelijkheid.

'Artisjokken,' zegt ze.

'Yep.'

Ze trekt de grootste eruit, breekt de kop eraf en rukt de bladeren eraf. 'Zo doe je dat,' zegt ze, en ik doe wat ze vraagt, tot en met de laatste artisjok op de schaal. Ik breek en ik ruk en ik leg apart. Als ik klaar ben, maak ik het aanrecht schoon en droog ik mijn handen af. Estela kijkt me kritisch aan vanonder de boog van haar wenkbrauwen en gooit vervolgens het naakte vruchtvlees van de artisjokken in het hete water.

'Waar dacht je heen te gaan?' zegt ze nu.

'Ik wilde een eindje wandelen.'

'Een eindje wandelen.' Haar stem klinkt spottend. 'Op deze wegen. In de zon.'

'Ik was heus wel teruggekomen,' zeg ik, hoewel ik er niet echt zeker van ben of ik het zelf wel geloof.

'Kijk naar jezelf,' zegt Estela.

Ik staar Estela aan.

'Je bent in verwachting.'

'Ik weet wat er met mij aan de hand is.'

'Je bent Amerikaanse.'

'Dat weet ik ook.'

'Je had kunnen verdwalen. 't Had gekund.'

'Alles is oké,' zeg ik. 'Het spijt me.' Ze drukt haar grote vuist tegen haar omvangrijke boezem – drukt hard. Zij bijt op haar lippen, opent haar mond alsof ze iets wil gaan zeggen, maar stopt dan.

'Begin met de peren,' zegt ze uiteindelijk.

'De peren, Estela?'

'*Peras al horno.*'

Ze slaakt een diepe zucht. Ze zegt dat ik de peren moet wassen en schillen, doormidden moet snijden, de klokhuizen er met een duim uit scheppen en ze vers moet houden met sinaasappelsap. Ze stopt haar mes in mijn hand, haar ene slanke mes, en laat me zien hoe het moet. Ik heb wat moeite rond het steeltje, maar dan is het probleem opgelost: de peer breekt in tweeën, klaar.

'Opletten.'

'Sorry, Estela. Ik zei sorry.'

'Ik heb gekeken overal. Ik dacht…' Ze zegt me niet wat ze dacht. En ook: sorry telt niet.

Ze heeft een groene jurk aan. Ze heeft een bloem in het haar. Ze heeft haar schoenen gepoetst en de schortenbanden gestrikt. Ze haalt de geschilde peer uit mijn hand en laat me zien hoe je zoiets professioneel aanpakt. 'Ik heb acht peren,' zegt ze. 'Acht. Doe het juist.' Ik pak de andere halve peer, druk mijn duim tegen het klokhuis en schep de zaadjes eruit. Estela kijkt toe en vloekt niet. Ik kies een andere peer uit de mand.

'Drie uur,' zegt ze. 'Drie uur tot Luis' feest.'

'Nog een feestje?'

'Een feest totdat het is goed.'

Dat is belachelijk, denk ik, maar ik zeg het niet. Het is niet mijn huis, het zijn niet mijn regels en Estela zou het me niet vergeven. Over drie uur is het acht uur, het begin van de avond. Wat ook weer een hele afstand is, maar afstand is niet het einde van de liefde, tenminste volgens Estela.

'Jij bent hier voor een reden,' zegt ze.

'Weet ik, Estela.'

'Je mag niet verdwalen.'

'Sorry.'

'Je krijgt een baby.'

'Weet ik. Heb je al gezegd.'

'Jij moet zijn verstandig.'

'Ik heb niet nagedacht.'

'Poeh.' Ze schilt tomaten en gooit de zaadjes van zich af. Ze slijpt twee messen aan elkaar en staart mij aan, over de messenoorlog heen, alsof ze nooit meer een woord van mij zal geloven.

'Ik wil kennismaken met Javier en Adair,' zeg ik.

'Dat komt wel.'

'Komen zij naar het feestje?'

'Waarom zouden zij naar het feestje komen?'

'Weet ik niet,' zeg ik. 'Ik dacht…'

'*Langostinos*,' zegt ze, terwijl ze een schaal met stekelige langoesten onder mijn neus schuift.

'Langowat?' zeg ik.

Ze schudt haar hoofd alsof ik een hopeloos geval ben en begint met een ui. Ze hakt en hakt totdat ze dikke tranen stort.

'Hoe kun je dat verdragen?' vraag ik.

'Wat verdragen?'

Dit verdragen, denk ik – de eenzaamheid, de afstand, het stof, de hitte, de manier waarop niemand met elkaar praat, de manier waarop Esteban daar buiten is en Estela hier binnen. Luis die weet-ik-waar is. Miguel die verliefd is op stieren die hij naar de slachtbank stuurt.

'De uien,' zeg ik. 'Hoe kun je de uien verdragen?'

Ze kijkt mij aan alsof ze niet kan beslissen of ik een antwoord op mijn vraag verdien. Ze loopt weg, de gang in; ik hoor haar ijsberen. Als ze terugkomt, staat ze op de drempel en staart voor zich uit. 'Ik leerde uien in Madrid,' zegt ze ten slotte.

Ik vind een mes en een plaats naast haar, bij de snijplank. Ze reikt me een tomaat aan. Ik steek het mes erin.

'Uien in Madrid,' herhaal ik. 'Zit daar een verhaal achter?'

'Een verhaal zit achter alles, altijd, Kenzie.'

'Dus?'

'Niet weer een eindje wandelen. Jij zorgt dat ik ben niet weer ongerust.'

Ik kijk haar aan en ik glimlach – en ik meen het.

'Vertel me over Madrid,' zeg ik. 'Vertel me iets. Zodat ik niet gek word.'

'Is goed,' zegt ze. Ze laat me zien hoe ik het mes op de goede manier moet vasthouden. Ze spoelt nog een tomaat af, laat me zien hoe het mes erin gaat en er schoon uitkomt – geen gespat, geen kneuzing. 'Het was de bar van mijn ouders. Ze maakten *tapas* voor de mensen. Socialisten, anarchisten, liberalen, boeren, Basken, Catalanen, republikeinen. Mijn ouders hebben gegeven eten aan iedereen. Het was 1931. Nog geen oorlog.'

'Oké,' zeg ik. 'Vertel meer.'

'Ik had een broer. Hij was zes en ik was tien.'

'Een broer?'

'Ja, zo heb ik Luis ontmoet.'

Ik kijk haar aan, helemaal in verwarring. Ze geeft me nog twee tomaten. Ik spoel ze af. Ik laat het lemmet erin zakken. Ik wacht, maar het lijkt erop dat dit het einde van haar verhaal is.

'En?' zeg ik, om het toch te controleren.

'En wat?'

'Hoe heb je Luis ontmoet?'

Ze timmert op een paprika. Ze schept er de zaden uit en gooit het binnenste van de paprika in een bruine zak op de vloer. Ze slaakt weer een diepe zucht en stopt opeens met alles, alsof ze niet tegelijkertijd kan werken en een compleet verhaal vertellen.

'Het was mei. Mijn broer en ik wandelden. De straat spatte uit elkaar, de mensenmassa werd gek, de kloosters stonden in brand, mijn broer rende en ik zag hem niet meer. Toen ik ontmoette Luis.'

'Je kwam Luis tegen omdat je je broer was kwijtgeraakt?'

'Omdat hij vond mijn broer. Omdat hij thuisbracht hem. Omdat mijn moeder zich uitsloofde met de paella, met mijn beste uien, en Luis bleef slapen en we praatten.'

Ik laat het lemmet weer los op de vierde tomaat. Misschien, denk ik, is het beter om geen vragen te stellen. Misschien krijg je hoofdpijn van de antwoorden.

'Luis was Don Quichot,' zegt ze, alsof ze haar verhaal opnieuw wil beginnen. 'Vóór de oorlog. Toen we waren vrij.'

'Don Quichot,' herhaal ik. Estela legt haar hand op mijn pols om het lemmet tegen te houden en draait dan mijn pols in een andere hoek.

'Je moeder, zij heeft weer gebeld,' vertelt ze me nu.

'Wat wilde ze?'

'Praten met je.'

'Ik praat niet met mijn moeder.'

'Schrijf je de jongen terug?'

Ik staar haar aan.

'De jongen? De vader?'

Ik doe er het zwijgen toe.

'Zorg dat jij hebt niet spijt je hele leven, Kenzie.'

'Zijn we klaar?'

'Jij bent klaar. Voorlopig.'

'Ga je me niet meer vertellen over Don Quichot? Is dat alles? Is dat jouw verhaal?'

'Voorlopig genoeg.'

'Mag ik gaan?'

'Als je blijft in de buurt.'

'Sí, Estela.'

'Ik hou je in de gaten, Kenzie.'

Ik weet dat je me in de gaten houdt, denk ik, en ik loop de keuken uit, de hoek om. Door de gang, langs de kamer, door de schaduwen die dingen inpikken en verbergen en steeds van plaats veranderen. In de kamer met de stierenkoppen beweegt iets, het gooit zichzelf naar voren, als een mantel.

'Kenzie.' Ik hoor mijn naam in zigeunerspaans.

'Sí, Angelita?'

De oude zigeunerin heeft zich met haar volle gewicht op de fluwelen bank laten zakken. Ze draagt een bloem bij haar oor, een papieren bloem. Het wit bij de scheiding van haar zwartgeverfde haar is minstens drie centimeter, misschien wel vijf.

'Zij waren ongerust,' zegt ze tegen mij in haar vreemde Spaans.

'Ik heb er spijt van, Angelita.'

Ze pakt de bloem bij haar oor weg, laat hem snel ronddraaien tussen haar vingers en luistert naar het ruisen ervan. 'Ik was het,' zegt ze. 'Ik heb de anderen verteld dat je was gaan wandelen. Ik zag je weggaan. Je kwam niet terug.

Ik zei tegen Estela: "Haal Miguel".' Ze wijst. Al het vlees van haar massieve bovenarm hangt vanaf het bot naar beneden als een geplooid gordijn. Bij haar elleboog zijn kreukels zichtbaar. Ze draait de bloem weer snel rond. Dan haalt ze een blauw zijden zakje uit haar decolleté en geeft het aan mij. Ze vraagt me de lintjes los te knopen.

'Angelita?' vraag ik. Omdat binnen in het zakje iets vreemds, iets sliertigs zit. Iets van iemand die dieren opzet. Een waaier van zacht, zwart haar.

'Kattenstaart,' legt ze uit. 'Het uiteinde. Voor de ogen, als ze moe zijn.' Zij sluit haar hand en slaat met de vuist op haar hart. Wankelend komt ze omhoog van de bank en loopt op me af.

'Voor jou,' zegt ze, terwijl ze het zakje met de linten om mijn pols knoopt.

'Een kattenstaart voor mij?' vraag ik.

'Alleen het uiteinde,' zegt ze. Ze ruikt naar zweet en stof en alledaagse dingen. Ze ruikt naar kruiden die niet te vinden zijn in Estela's keuken.

'Ik begrijp het niet,' zeg ik tegen haar.

'Stil,' zegt ze, terwijl ze met haar gerimpelde vinger mijn lip aanraakt. Ze loopt langs me heen; de wespen boven ons roeren zich. Ze laat me alleen in de grotachtige kamer. Dan loop ik de gang door, naar de achterdeur, naar Estebans binnenplaats – het zakje met het uiteinde van een kattenstaart bungelt aan mijn pols. Het witte paard is weg, Esteban ook.

19

De lucht begint waar Estebans binnenplaats eindigt. Onder de lucht is een gebied met struikgewas, en tussen de struiken staat een oude kurkboom. Bij de kurkboom staat een pick-up die in geen tijden gebruikt is. Naast de pick-up staat een sinaasappelboom. In die boom is een huis gebouwd.

'Van niemand,' had Estela gezegd op mijn tweede dag hier, toen we erlangs liepen. 'Leeg.' Ik schop mijn schoenen uit en begin te klimmen. Het zijden zakje bungelt nog steeds aan mijn pols – jij bent nog steeds bij me, de rest van Los Nietos is verdwenen. Ik ben niet opgegroeid met zo veel ruimte. Ik weet niet hoe ik ermee om moet gaan. De lucht – dat begrijp ik tenminste – is vrij. Ik zie Miguels stieren buiten in het veld, alle zes – de zes uitverkorenen. Ik zie zijn stierenarena onder aan de heuvel. Er heerst vrede, zei Miguel, onder hen die verdwenen zijn. Maar als ik aan mijn moeder denk in de dagen na de begrafenis, herinner ik me geen vrede. Ik herinner me dat mijn moeder in mijn vaders stoel zat, voor zich uit starend. Ze tuurde door het raam, langs de gebedenplanten met hun dichtvouwende bladeren; alsof de armen van die stoel mijn vaders armen waren, alsof een stoel de vorm kan aannemen van vergeving. Op haar schoot lag zijn laatste boek met proefafdrukken. Zijn laatste serie foto's. Incompleet.

Wekenlang, iedere dag als ik uit school kwam, trof ik haar in die stoel aan, met die proefafdrukken, naar buiten sta-

rend. Op een schaal op de tafel naast haar lagen wat zout-
jes en een paar blokjes uitgedroogde kaas. En toen op een
dag was ze niet thuis – het boek met proefafdrukken was
weg. Ik roosterde twee Engelse muffins en besmeerde ze
met een dikke laag pindakaas. Ik liep naar boven, ging op
mijn bed liggen, belde Ellie, belde Andrea, belde Kevin,
belde Tim – ja zelfs Tim, een gigantische dertig seconden
lang. Het was negen uur toen ik mijn moeder haar sleutel
in het slot van de voordeur hoorde steken. Toen ze mij riep,
was het halftien.

'Kenzie?'

'Ja?'

'Ik ben thuis.'

'Oké.'

'Heb je gegeten?'

'Ja.'

'Is er nog wat over?'

'Er is pindakaas,' zei ik. 'En een mes.'

Met mijn handen maakte ik schaduwbeelden in het licht
van de lamp. Ik wachtte af of ze de grote lange klim naar
boven zou maken om te kijken hoe het met haar dochter
ging. De halve wees. Haar enige kind. Ik wachtte. Er ging
weer een halfuur voorbij. Ik was bijna in slaap gevallen
toen ze klopte. Ik had de lamp uitgedaan; toen ze de deur
opende, stond ze in het licht van de overloop. Ze droeg
een mantelpakje. Ze had d'r haar in een knotje.

'Kenzie?'

'Ja?'

'We komen hier wel doorheen.'

Ik zei niks.

'Ik ga een eigen zaak beginnen.'

Niets.

'Kenzie?'

'Wat?'

'Wil je niet weten wat?'

'Als je wilt dat ik het weet, moet je het me vertellen.'

'Carlina's Catering. Ik begin klein. De bank heeft me een lening gegeven.'

Ik zei geen woord. Ik draaide me om in mijn bed.

'Wat vind je ervan?' vroeg ze eindelijk. Ik kon horen dat ze zich geneerde. Ik wist dat ze iets groots wilde.

'Paps is nog maar net dood, en jij gaat fuiven geven,' zei ik.

'Goeie genade, Kenzie. Ik *geef* geen fuiven. Ik *organiseer* ze. Het is een bedrijf.'

Ik kon haar zien, en ik wist dat ze mij niet kon zien. Ik kon zien hoe haar gezicht dichtklapte en veranderde. Ik had duizenden dingen kunnen zeggen, maar ik zei niets. Ik geloofde dat ze het er zelf naar had gemaakt. Mijn stilte voor haar stilte. Mijn onverschilligheid voor haar onverschilligheid.

'Carlina's Catering,' zei ik. 'Gefeliciteerd.' Lege woorden waardoor ze zich nog meer geneerde. Zij maakte haar knotje los en schopte haar schoenen uit. Ik zag haar ogen en de pijn die ik haar aandeed, maar ik nam mijn woorden niet terug. Ik wist niet hoe ik daar toen moest leven – en ik weet niet hoe ik nu hier moet leven – hier waar elke centimeter lucht blauw is. Over de weg komt iets aanstormen. Esteban, realiseer ik me, zonder zadel op Tierra's rug. De stieren kijken niet op of om, hun nekken verroeren zich niet. De ooievaar blijft zitten waar hij zit. Aan de rand van de afrastering stopt de jacht. Tierra gaat van galop over in draf en beweegt zich gedwee door het hek. Ze huivert een keer en stopt. Esteban springt op de grond. Het stof stuift op; het paard stampvoet op de aarde, en al die tijd ziet niemand mij.

Binnen, in Estebans kamer, beginnen de vogels te zingen, alsof ze hun stem hebben gespaard voor dit moment. Esteban wisselt een paar woorden met zijn paard en loopt dan naar de box, terwijl hij het paard rond laat lopen op de binnenplaats. Hij komt terug met een lap over één schouder, het uiteinde van een waterslang in de ene hand en in de andere hand een emmer met borstels en shampoo. Hij laat water over Tierra's rug stromen, wast haar nek met zeep en wrijft de zeep stevig in met cirkelvormige bewegingen. Als hij opkijkt, ben ik daar.

'Buenas tardes,' zeg ik.

Hij kijkt recht door me heen. Hij loopt met Tierra naar haar box en praat haar naar binnen. Hij doet de deur dicht, de klink erop, en draait zich om. Ik beweeg me niet. Nu kijkt Esteban mij aan alsof ik zou moeten weten wat ik moet zeggen of wat ik moet doen, maar ik heb geen idee. Tierra hinnikt en schudt met haar hoofd. Volgens mij mag ze me niet.

'Waar ben je heen geweest?' vraag ik hem uiteindelijk.

'Naar het bos,' zegt hij, terwijl hij met zijn kin wijst. 'Waar ben *jij* heen geweest?'

'Die kant op.' Ik wijs naar een punt voorbij ons, naar nergens, naar een heiige verte, in het oosten.

'Niet echt tof,' zegt hij. 'Jezelf zomaar laten verdwalen. Je kunt dat Estela écht niet aandoen. Je mag niet verdwalen. Zij raakt ervan in paniek.'

'Het had niks met haar te maken.'

'Doet er niet toe.'

'Misschien niet,' zeg ik.

Hij duwt het haar uit zijn gezicht; het krult eigenzinnig alle kanten op.

'Wat is er in het bos?' vraag ik.

'Bomen,' antwoordt hij. 'Vogels. Schaduw.'

'Ga je vaak?'

'Soms.'

'Mag ik eens een keertje mee?'

'Waarom?' vraagt hij.

'Weet ik niet. Zodat ik het kan zien?'

Hij kijkt mij eerst aan, daarna Tierra.

'Hangt heel veel van haar af,' zegt hij. 'Als zij je mag, dan mag je op haar rug.' Hij draait zich om en laat me achter – met alleen de zon en de opdrogende plas op de plek waar het water de hitte van Tierra's lijf wegspoelde.

'Esteban?' roep ik. Hij is al halfweg naar zijn kamer – naar de vogels, naar de boom, naar het bed, terwijl ik me stom sta te voelen.

'¿Sí?'

'Ik heb spijt – van vanmorgen.'

'Het is niet de schuld van Estela dat jij hier bent,' zegt hij. 'En ook niet van Miguel.'

'Ik wil kennismaken met Javier en Adair,' zeg ik.

'Dat gebeurt,' zegt hij. 'Op een dag.'

Hij zit dus ook in het complot. Hij kent mijn verhaal. Hij weet meer over wat er gaat gebeuren dan ik.

Praat tegen me, wil ik zeggen. Laat me hier niet zo stom staan. Maar in plaats daarvan praat hij tegen zijn vogels. Hij laat mij met lege handen achter.

20

De avond is gevallen, meer zwart dan blauw; ik moet geslapen hebben. Ik hoor mijn naam, hoor laarzen op planken neerkomen. Ik druk mezelf omhoog tot ik rechtop zit; tegen mijn handen voel ik het ruwe, bijna splinterende hout.

'Estela heeft me gestuurd,' zegt Esteban. Hij leunt naar binnen met een bord, een mes, een vork en ik ruik de geur van mango en kruimeldeeg. Als hij weer rechtop staat, raakt zijn hoofd de hemel. Hij kijkt om zich heen naar de in duisternis gedompelde wereld, dan weer naar zijn binnenplaats, naar het huis.

'Je hebt het feestje gemist,' zegt hij.

'O,' zeg ik. 'Lieve help.'

'Estela dacht dat je weer weg was. Ik zei dat ik jou in het boomhuis had gezien.'

'Dus zij heeft je hierheen gestuurd?'

Ze vertrouwt me warempel echt.

Zijn tanden fonkelen als sterren. In zijn gelaat is het einde van de dag te zien. Een beginnende baard. Stof dat knarst. Hij staat daar maar naar buiten te kijken, en ik zou hier moeten gaan zitten eten; dat voelt raar, met hem zo boven mij – zo afstandelijk en toch dichtbij.

'Blijf je?' vraag ik hem. 'Of ga je weer?'

Hij reageert niet.

'Blijven?' vraag ik.

Het is alsof hij geen besluit kan nemen. Alsof hij niets anders wil dan van hierboven naar buiten kijken, zijn wereld vanaf hier beschouwen, de verlaten uitkijkpost in een boom. Uiteindelijk gaat hij met zijn rug tegen een ondersteunende tak zitten, met zijn knieën opgetrokken tot zijn kin. Hij trekt aan de rafels in de zoom van zijn spijkerbroek. Hij kijkt toe terwijl ik eet. Ik hoor mezelf slikken.

'Vroeger kwam ik hier altijd,' zegt hij. 'Het begin van mijn leven op Los Nietos.'

'Wanneer was dat?'

Hij draait zijn hoofd om naar de sterren te kijken. De ruimte tussen ons laat hij door de nacht invullen. Aan de andere kant van het huis stijgt een zigeunerlied op. Waarschijnlijk zijn de stieren al in dromenland – dromend dat ze veilig zijn, dat ze hier altijd zullen leven. Thuis. Dat ze voor Miguel in de jeep zullen dansen en dan zullen slapen onder de armzalige schaduw van de knokige olijfbomen.

'Mijn moeder is gestorven toen ik vijf was,' zegt Esteban na een tijdje.

'Dat wist ik niet.'

'Een jaar later was mijn vader dood. Hij was *matador*, een stierenvechter, die in de ring even zijn concentratie verloor. Miguel is mijn peetvader, hij heeft me hierheen gebracht. Ik woonde in de kamer die nu van jou is, maar meestal was ik in dit boomhuis. Ik dacht dat ik al klimmend dichter bij hen kwam. Ik dacht: zolang zij me kunnen zien, zal het wel goed met me gaan. Ik was nog een kind. Estela sliep dan hier, onder mij, op de grond. Als ik hier was, was zij er ook. Er mocht mij niets overkomen. Dat had ze beloofd.'

'Esteban toch,' zeg ik. Plotseling zie ik het voor me: de jongen in het boomhuis, de kokkin op de grond, de sterren die dichtbij komen, maar je kunt nooit opstaan en de sterren aanraken.

Esteban kijkt naar de donkere nacht. Hij trekt aan de rafels. Hij kijkt naar mij door al het andere heen – voorbij mij, voorbij jou, door de takken heen.

'Heb je het gedaan?' vraagt hij me.

'Wat gedaan?'

'Je vriendje teruggeschreven?'

'Weet ik niet,' zeg ik.

'Nou, heb je het gedaan?'

'Niet echt. Nee, ik heb niet geschreven.'

'Ga je dat nog doen?'

'Misschien.'

Van ver weg, aan de andere kant van de cortijo, huilt een gitaar, iemand raakt een snaar en een woord ontsnapt: *Ay! Ay!* Ik denk aan Kevin, van mij verwijderd door een oceaan en door zijn eigen glanzende toekomst, ik denk aan Esteban, hier. Ken je eigen hart, wees voorzichtig, zei Estela. Kevin zou hier moeten zijn. Hij is er niet. 'Lieve Kenzie,' had Kevin moeten schrijven, 'ik kom je halen. Het spijt me.'

'Een poosje geleden hoorde ik ze praten,' zegt Esteban dan.

'Waarover?'

'Over jou. Over Sevilla.'

'Hoezo over Sevilla?'

'Je gaat terug. Morgen.'

'Waarom?'

'Je hebt vragen gesteld. Je wilt antwoorden. Je zult gaan.'

'Adair?' vraag ik. 'Javier?'

Hij haalt de schouders op.

'Wat moet ik doen?'

'Alleen maar klaarstaan, verder niks. Dat is alles.'

Esteban staat op en trekt zijn spijkerbroek recht. Hij reikt naar het bord dat ik leeg geschraapt heb. Zijn vrije hand legt hij om de ronding van de boomstam terwijl hij een steunplaats zoekt voor zijn laars. Ik zou er alles voor over hebben als hij de hele nacht zou blijven. Hier bij me zitten, de sterren tellend, op zoek naar bekende voorbijgangers.

'Moet ik bang zijn?' vraag ik hem.

'Denk van niet,' zegt hij.

'Geloof jij in de toverkunst van zigeuners?' Ik haal Angelita's zakje tevoorschijn, leg het op de planken tussen ons in. 'Uiteinde van de staart van een zwarte kat,' vertel ik hem. 'Helpt tegen vermoeide ogen.'

Hij haalt weer de schouders op, glimlacht bijna.

'Werken ze?' vraag ik. 'Haar middeltjes?'

'Hangt ervan af wat je wilt, denk ik. Een keer heeft ze een blauw lint om mijn hoofd gebonden toen mijn hoofd pijn deed. Na een uur of zo was de pijn weg. Er zit wat in. Misschien.'

'Esteban?' vraag ik hem nu.

'¿Qué?'

'Hoe krijg je een paard zover dat hij je mag?'

'Blijf om te beginnen in de buurt,' zegt hij. 'En misschien moet je ophouden met al dat gevraag.'

21

We rijden langs groepen olijfbomen en wijngaarden, één weg, dan een andere weg naar Sevilla. Het landschap gaat er steeds schraler uitzien en de lucht ruikt naar benzine. Miguel en ik praten nauwelijks, en als we het al doen vertrouwt hij me geen enkel geheim toe. Als de dikke stadsmuren eindelijk in zicht komen mindert Miguel vaart, hij gaat voorover zitten en hannest wat met de koppeling. Hij parkeert Gloria aan een van die straatjes die zo breed zijn als trottoirs; ik doe mijn portier open en stap uit.

Boven ons zijn balkons en oranjegele bebouwde hellingen, de glans van dakpannen, hagedissen. Niets is hoog, alles is roerloos en overal vormen de gebouwen een lint langs de helderblauwe lucht. We lopen langs de muren van het fort, laten vrouwen met wandelwagens voorbijgaan, wenden ons af van de uitlaatgassen van auto's, stappen opzij om geen last te hebben van de hondenpis die langs de muren wegsijpelt. Alles is anders, en alles is hetzelfde – en ik praat niet en Miguel praat niet. Uiteindelijk houdt hij halt voor een deur en belt aan. Ik hoor sleutels aan de andere kant van de muur, dan gaat er een ijzeren hek open, vervolgens een ander – en ineens zie ik een oud dametje op de binnenplaats van een huis staan. Het is alsof ik weer in een vierkante donut sta – alleen deze is van steen.

De lucht is heet en drukkend, als in een broeikas. De tegels op de vloer vertonen barsten. Een minifontein is gevuld met sinaasappels, de helft ervan verrot, de andere helft groen. Witte vogels scheren door de lucht en landen als nachtvlindertjes. Een dakraam in het plafond boven ons laat de zon naar binnen. De ijzeren draaitrap cirkelt naar één kant; hij ziet er dun en wankel uit. De vrouw, wie het ook zijn mag, kust Miguel op de wang en zegt dat hij naar boven moet gaan, en dan zegt ze het ook tegen mij, in het Spaans. Ze heeft het nodige over me gehoord, dat voel ik gewoon. Ze is blij dat mijn linnen jurk gestreken is. Ik voel haar ogen op mij rusten terwijl ik de wenteltrap op klim. Nu draaien de treden de andere kant op, en opeens bevind ik me op een dak – ik sta niet langer onder, maar in de lucht. Ik voel mijn ogen wijd opengaan en ik denk aan de kattenstaart van Angelita, die ik in mijn tas heb laten glijden en heb meegenomen.

Ik voel jou binnen in me draaien, naar onze buitenkant zwemmen en door me heen borrelen.

Ik word wat licht in het hoofd, maar er is geen muur waaraan ik me kan vasthouden. Waaraan wij ons kunnen vasthouden.

In een hoek van het dak staat een oude badkuip, volgepropt met sinaasappels, flessen, orchideeën en bloesem. 'Stierenzaken,' is alles wat Miguel zegt, en ik stel geen vragen. Dan zie ik hem richting de badkuip gaan, waar vijf mannen en twee vrouwen zich in zijn richting draaien, bijna buigen. Miguel doet zijn colbertje uit en hangt het over zijn schouder. De man naast hem doet hetzelfde. Miguel is de langste van het gezelschap, hij is rustiger als hij praat, waarbij zijn kin nu even mijn kant op wijst. Hij zegt iets wat ik niet kan verstaan, maar iedereen kijkt naar mij. Daarna draaien de mensen zich weer naar Miguel om en zetten ze hun gesprek voort.

Aan de overkant van de straat zit een oude vrouw op haar

eigen dak te breien. Verderop in de straat, op weer een ander dak, slaan kinderen tegen ballen die met een dun elastieken draadje aan een houten plankje zijn vastgemaakt. Beneden op straat passeert een stel nonnen in het wit. Een groep jongens. Baby's op schouders.

Terug op dit dak gaat het gesprek alleen maar over stieren. Voor zover ik er iets van kan brouwen, gaat het allemaal over stieren. De prijs van de ene stier vergeleken met de prijs van een andere. De fiasco's van een derde in de arena. Nu is Miguel aan het woord, over zijn zes stieren. Een man naast hem schrijft getallen op – hij staat daar met een notitieboekje en als de punt van het eerste potlood afbreekt, haalt hij een tweede potlood uit de rand van zijn hoed. Zo veel is wel duidelijk: Miguel is de ster van dit feestje. Hij is het stierenorakel. Nu gaat een vrouw in een paarse jurk met een felroze ceintuur op haar tenen staan om hem iets in het oor te fluisteren. De man naast haar – de notulist – stopt met schrijven om te zien wat Miguel gaat doen. Hij, Miguel, knippert niet met de ogen, met geen van beide ogen. Hij is hieraan gewend, realiseer ik me – en dan besef ik dat mijn moeder ten minste één ding bij het rechte eind had: de kerel heeft iets vorstelijks, en hij is er zich volledig van bewust.

Nu komt de vrouw van beneden tevoorschijn – haar witte hoofd komt boven het trapgat uit; in haar beide handen wiegt ze een kopje thee. Ze brengt het kopje naar mij. Er drijft een schijfje citroen in.

'*Para usted,*' zegt ze.

'Gracias.'

Ze blijft naast me staan, maar zegt niets.

De lucht strekt zich kilometers ver uit. Overal waar kathedralen aan de horizon staan, zie je goud en bij elke ademhaling ruik ik sinaasappels. Ik voel me steeds verwarder. Aan de overkant van de weg slaan de kinderen niet meer met hun plankjes. De oude breister staart naar beneden, naar de straat, haar ogen gericht op de groep zigeuners die de flamenco zijn gaan dansen en zingen – ze bewegen zich nu naar voren, langzaam, een parade. Een van de kinderen op het dak verdwijnt en komt vervolgens terug met een mandje anjers aan zijn arm. Hij gooit een rode knop naar beneden, richting het zigeunerliedje. Hij gooit er nog een. De zigeuners kijken omhoog en er begint zich een menigte te verzamelen. De jongen blijft bloemen gooien. Dan buigt de breister zich voorover, pakt een bloemstengel en gooit die. 'Olé,' zegt het joch met de mand.

Ik draai me om naar de vrouw naast me. Ze zegt niets, legt niets uit. Ik draai me weer om en kijk Miguel en zijn vrienden aan, die niet langer praten, maar voorover zijn gaan leunen om de flamenco te zien. Miguel gaat als eerste – grijpt een stevige hand vol bloemen uit de badkuip, opent zijn hand, strooit ze naar beneden, en plotseling is het alsof het in Sevilla bloemen regent in de zon. De anderen verzamelen hun eigen bloemen en gooien die naar beneden. Dit is dus Sevilla, denk ik, en ineens herinner ik me vorig jaar september, met Kevin, toen ik dacht dat het leven zijn kleur had verloren en hij mij er constant van probeerde te overtuigen dat dit niet het geval was. Hij reed me naar zonsondergangen, maansopgangen, tuinen; dan zei hij: 'Kijk'. Als mijn moeder was weggegaan, pikte hij me op. Dan reden we langs wegen die hij ontdekt had tijdens het joggen als de rest van ons niet meedeed. 'Kijk, Kenzie,' zei hij dan, 'de kleur is er nog steeds.' En ik probeerde hem te geloven, maar hij wist beter. En toen op een dag haalde hij me op, reed naar zijn huis en liep met mij naar de achtertuin. Hij zei dat ik in een van die *Adirondack*-tuinstoelen moest gaan zitten en dat ik mijn ogen dicht moest doen.

'Schiet op, Kevin. Vertel.'

'Geduld.'

'Waar ga je naartoe?'

'Zitten en ogen dicht.'

Uiteindelijk deed ik dat. Hij was heel lang weg. Toen ik zijn stem weer hoorde, sliep ik bijna. 'Oké,' zei hij; ik draaide me om en daar stond hij – bij de deur naar het souterrain, en daar rond zijn hoofd waren vlinders, een hele zwerm. Hij had een pot asters in de ene hand en een pot leverkruid in de andere, en ik dacht dat ik misschien aan het slapen was, dat dit mijn vreemde droom was.

'Ik heb eieren gekocht,' zei hij. 'Ze hebben jongen uitgebroed in het souterrain.'

'Vlindereieren?'

'Ja, je kunt ze kopen. Per postorder.' Hij liep op me af, in elke hand een pot bloemen. De vlinders zwermden en fladderden. Bruine zandoogjes en pages en witjes en dikkopjes – vlinders die we met biologie hadden geleerd en die we per se wilden onthouden.

'Kevin,' zei ik, niet in staat om meer uit te brengen.

'Kleur,' zei hij.

'Ja,' zei ik. 'Kleur.'

'Je leeft nog, Kenzie.'

Kevin was magnifiek nadat mijn vader gestorven was. Na het overlijden van mijn vader stond Kevin voor alles wat ik liefhad. Ik was een halve wees, maar ik had hem. Ik geloofde in hem; ik had vertrouwen in hem.

Mijn vader maakte foto's van stillevens.

Ik maak opnames van dingen die bewegen.

Ik dacht dat ik de betekenis van kleur kende.

Ik weet de betekenis van niets.

22

*A*ls hij de trap opkomt, is hij alleen. Ik zie zijn hoofd – goudrood in de zon – en hoor zijn cowboylaarzen op de treden, zijn ogen – het groen omringd door zijn leerachtige huid – hebben een verlammend effect op me.

'Mama,' zegt hij tegen de vrouw naast mij, de gastvrouw. Hij buigt voorover en kust haar op beide wangen – met ondertussen zijn blik op mij gericht, en nu voel ik de hitte van heel Spanje op mijn wangen. Ik probeer weg te kijken. Het lukt mij niet.

'*Vienes tarde.*' Ze pakt mijn lege kopje en laat me hier op het dak staan, naast haar zoon, die geen boe of ba zegt. Stel me een vraag, denk ik. Vertel me iets.

'Kenzie,' zegt Miguel, terwijl hij zijn stierengesprek verlaat en zich bij ons beiden voegt. 'Dit is Javier.'

Als Javier glimlacht, barst de huid rond zijn ogen; aan elke kant verschijnen drie geultjes. 'Goed,' zegt Miguel, alsof ik degene ben die dit alles in orde moet maken, het gesprek op gang moet brengen, iets moet doen.

'Hello,' zeg ik, in het Engels. Met opzet.

'Javier en Adair...' zegt Miguel.

'Ik weet het. Ik herinner het me.'

Aan de overkant van de weg, op het dak, zijn twee jongens aan het vechten. Ik hoor ze schreeuwen en kijk: de jongen die achternagezeten wordt, houdt het shirt van de ander vast als een soort vlag. Hij is vijf, misschien zes jaar en heeft een magere kippenborst. De grootmoeder zit in haar stoel en besteedt er geen aandacht aan. Ik denk: jij bent gelukkig. En ik denk: ik niet. En maanden na vandaag zal dit voorbij zijn, maar niet echt. Javier en Adair. De ouders van je kind.

Ik kruis mijn handen over mijn borst, over jou. Ik wacht totdat Javier mij iets vraagt, mij iets vertelt en de rol van vader op zich neemt. Maar Javier is rustig, draait kalm de ringen aan zijn vingers om. Miguel voert met Javier een gesprek in rap Spaans, wat ik niet helemaal kan volgen. Als Javier glimlacht, is het een triest lachje; ik vraag me af waarom hij zo verdrietig is. Javiers moeder komt terug met een dienblad met champagne en nog een kopje thee met daarin een dobberend citroenschijfje.

Het kopje schudt in mijn hand. De boot zinkt.

Javier buigt zich naar me toe, zegt dat we elkaar weer zullen ontmoeten en dat het tijd is dat ik zijn vrouw leer kennen. Hij loopt weg. Ik zoek naar wolken in de lucht. Wit en hoog. Ik zoek naar de jongens aan de overkant van de weg – de gelukkige jongens, van het soort waar ik niet bijhoor. Ik zoek naar de vrouw, wie ze ook mag zijn. Ik zeg tegen mezelf dat ik moet ademhalen en kijken – niet huilen. En dan verschijnt er weer een onbekende op de wenteltrap. Ik hoor haar schoenen op de trap. Ik zie haar pijpenkrullen, haar violette ogen. Niet de dochter van een Spanjaard.

'Kenzie,' zegt Miguel, 'je hebt weer een gast.'

'Wat zou je ervan zeggen als we maken dat we hier wegkomen?' vraagt ze in perfect Brits-Engels.

Ik volg haar omlaag door de wirwar van steegjes, langs cafés en winkels, totdat de straat geen straat meer is, maar een brede open plek, en ik weet waar we zijn – het Hotel de Plaza de Santa Isabel, land van de vliegende nonnen. Het lijkt jaren geleden dat ik hier was, in Sevilla, alleen met jou. 'Zij zullen ervoor zorgen,' had mijn moeder gezegd, en het enige wat ik wist, was dat jij in leven zou blijven, dat ik jou je kansen niet zou ontnemen. Daar zat alles op vast, en nu ben ik hier, achter je moeder.

Je moeder.

'Mari kent iemand die een kind wil,' had mijn moeder gezegd. 'Haar man is het ermee eens. Zij hebben geld.'

De geur van brood baant zich een weg door de ramen van het klooster. Een knul zit op een bankje gitaar te spelen. Adair stopt, gooit hem wat munten toe, loopt weer verder door achterstraatjes en winkelstraten, langs etalages met ham en flamenco – en in de lucht boven ons worden de wolken breder, gaan lager hangen, blokkeren de zon. Er zijn nonnen, moeders, kinderen, en zij zigzagt tussen hen door, terwijl ze zo nu en dan stopt en tegen de dikke stenen muren of tegen het glas aanleunt, om iemand te laten passeren, om ruimte te maken voor een wandelwagen, om mij de gelegenheid te geven haar weer in te halen. Ze bereikt een afgesloten straat – geen auto's, alleen maar mensen – en wacht.

'Het heeft me jaren gekost,' zegt ze, 'om aan deze stad te wennen.' De 'e' van wennen zweemt naar een 'a'. Ze kan niet ouder zijn dan 25. Haar tanden zijn parelwit. Ze draagt een linnen jurk met een dunne zwarte ceintuur en ze beweegt snel, altijd voorop, zich af en toe omdraaiend alsof ze vergeten is dat ik voor twee moet lopen, dat ik hier de weg niet ken, dat deze plaats zich aan mij opdringt. Uiteindelijk drukt ze met haar schouder tegen de deur van een banketbakkerij, en de winkelbel klingelt. Ze vraagt me waar ik zin in heb. Ik heb nergens trek in.

Over de gevouwen vierkanten van hun kranten zien de andere klanten haar bestellen waar ze zin in heeft. Het lijkt erop alsof ze zich afvragen of ze een bekendheid is, iemand die ze op tv hebben gezien. Ze is daaraan gewend, zoals aantrekkelijke mensen daaraan gewend zijn; haar beroemdheid of hun vraagtekens doen haar niets. Ze kiest haar cakejes uit en strijkt het haar glad naar achteren, bedankt de bakker omstandig in Brits-Spaans.

'Neem wat lekkers,' zegt ze, terwijl ze in de zware stoel tegenover me glijdt. Met haar gemanicuurde nagels knijpt ze een stukje van het cakeje af en wacht tot ik ook iets pak. Op de schaal liggen vier verschillende cakejes. Vier verschillende. Ik kies niet. Ik neem niets. Ik zit hier alleen maar te kijken.

'Wat vind je van Spanje?' vraagt ze ten slotte.

'Heet,' antwoord ik.

'Praat me er niet van,' antwoordt ze.

Ze spreekt met ronde klinkers. Haar ogen zijn enorm. Ze roert met haar lepel in haar thee en doet wat Javier deed: probeert langs mij heen jou te zien. Hoe je eruit zult zien. Wie je zult zijn. Hoe ze zich een beeld van jou kan vormen. Ik vraag me af hoe lang Miguel op het dak op mij wacht, met de stierenmensen. Ik vraag me af wat ze van plan zijn, wat hij haar heeft verteld: 'Ze is niet gemakkelijk. Hou haar constant in de gaten.' Ik vraag me af waarom ze zelf geen baby heeft, hoelang ze het al geprobeerd heeft. Of ze te gauw opgeeft. Ze neemt nog een hap van het cakeje, strijkt een haarlok achter één oor, en ik zie haar handen weer: de verlovingsring als een diamanten knobbel aan de ene hand, de trouwring aan de andere. Met haar diamanten zou ze een juwelierszaak kunnen beginnen.

'Oké dan,' zegt ze.

Oké dan. De winkelbel klingelt en een kind wurmt zich naar binnen, zwaaiend met zijn handen en blazend op een grappig plastic trompetje. Hij krijgt een koekje zonder er zelf eentje uit te kiezen. Dan marcheert hij linea recta de deur weer uit.

'Dat was de zoon van Mario Alberto,' vertrouwt Adair me toe. 'De zoon van de bakker. Stukje cake?' Plotseling kijkt ze rond, alsof ze denkt dat ze misschien iemand kan vragen haar te helpen – mij open te wrikken, mij aardig te maken, mijn hart anders af te stellen: onbevreesd en bereidwillig. 'Miguel heeft me zo het een en ander verteld,' begint ze na een lange stilte, nu vanuit een andere hoek. Ze knijpt nog wat meer van de cake af, wacht op een reactie, op een bevestiging van mijn cv als zwangere tienermoeder. Geen ziekten. Afgevinkt. Goede opleiding. Afgevinkt. Vriendje waarvoor elk meisje zou vallen. Niet afgevinkt. Is hier omdat ze een hart heeft. Gaat naar huis, haar eigen toekomst tegemoet.

'Nou?' moedigt ze aan.

'Hoe zit dat met die badkuip?' vraag ik.

'Hoe dat zit?' Er glijdt een kleine schaduw over haar ogen.

'Op het dak. Daarginds.' Ik wijs met mijn hoofd ergens naartoe. Ergens daarachter, waar het dan ook is waar we waren. Ik zou het nooit terug kunnen vinden.

'O, mijn schoonmoeder,' zegt ze. 'Zij heeft van die ideeën. Warrig, ik weet het, maar het kan geen kwaad.' Ze krult het haar om twee vingers en rolt met haar ogen, alsof ik de grap al ken, alsof we elkaar al jaren kennen, alsof ze vooruitgang boekt. Niet dus.

'Wat doen ze daarboven?'

'Stierengepraat.'

'Is dat alles?'

'Wel, liefje, niet helemaal.'

'Ze gooien bloemen,' zeg ik.

'Pardon?'

'Vanaf het dak. Ik heb het gezien.'

'O, ja, dat doen ze,' antwoordt ze. Ze pakt haar lepel die weer een rondreis door haar kopje maakt. Dan slaat ze langzaam haar ogen op; daarbinnen is het bewolkt, onbestendig.

'Het moet moeilijk zijn,' zegt ze nu, van tactiek veranderend. 'Dit allemaal. Voor jou.'

'Je hebt geen flauw benul,' zeg ik.

'Wil je me er iets over vertellen?'

'Niet echt,' zeg ik.

'Waar moeten we dan beginnen?' vraagt ze.

'Het begint niet echt,' zeg ik. 'En het eindigt ook niet echt.' Ze roert in haar thee en blijft maar roeren. Ze neemt nog een stukje cake en duwt de bijna omgevallen schaal naar mij toe, maar ik laat die tussen ons in staan. Ik hoor de winkelbel opnieuw en draai me om. Een moeder met een kinderwagen wringt zich naar binnen. Een van de mannen met de krant schiet haar te hulp en ook zij, dat is duidelijk, maakt deel uit van de menigte – Mario Alberto weet op voorhand wat ze wil bestellen en zet haar spullen op een schaal. Ze hoeft alleen maar te gaan zitten.

'Zo voelde ik me eerst ook,' zegt Adair. 'Toen ik hier pas was. Geen begin. Geen eind.' Ze volgt de ronding van haar gouden oorbel, rond en rond, alsof ze probeert een herinnering naar boven te halen, alsof ze probeert iets van mij in haarzelf terug te vinden, iemand te vinden met wie ze kan praten. 'Ik wilde ontsnappen aan iets – eigenlijk aan mijn ouders,' vervolgt ze. 'Ze vochten elkaar de tent uit. Ik stapte op een vliegtuig en kwam om hier naar school te gaan. Ik was zeventien. Ik verruilde de ene onbegrijpelijke toestand voor de andere.'

'Maar je had naar huis kunnen gaan,' zeg ik tegen haar. 'Jij kon nog kiezen.'

'Grandioos,' zegt ze. Haar ogen kijken voorbij de mijne, alsof ze zich plotseling afvraagt wat ze zich op de hals heeft gehaald. Of er misschien niet ergens anders een betere ongehuwde tiener rondloopt die een oplossing zoekt. Ik voel me duister vanbinnen, een kneus die een ander afschrijft, en ik zeg tegen mezelf, denkend aan Esteban: het is haar schuld niet, er is een baby op komst die een moeder nodig heeft.

'Kunnen we hier weg?' vraag ik dan aan Adair.

'Prima,' zegt ze. Haar ogen staan waakzaam.

'Ik bedoel: kunnen we naar buiten gaan? Ergens anders heen?'

'Als je dat wilt,' zegt ze. Ze neemt de overgebleven cakejes mee naar de vrouw met de kinderwagen. Ze loopt langs de mannen die naar haar kijken als ze voorbijloopt; ik bedek je met mijn handen.

23

Uit een verre uithoek van de blauwe lucht komt een onweersbui opzetten. Voor de rest is het nog een en al zonneschijn. 'Ik weet een goed plekje,' zegt ze tegen mij. 'Het is niet ver.' Ze loopt door smalle straatjes naar brede straten, een breed trappenplateau op. Ik loop met haar mee. Ze doet een deur open. Ze wacht.

Het kost tijd om aan het donker te wennen – om de glas-in-loodramen te vinden, hoog boven de rookvlekken van wie-rook en was. 'Tachtig kapellen heeft deze kathedraal,' zegt ze. Als ze naar voren stapt op de marmeren vloer, zorgen haar hakken voor een heldere echo. Wanneer ik ademhaal ruik ik sinaasappels en chips.

Het schip van de kathedraal is reusachtig, eindeloos, inge-bed in steen. De kerkbanken zijn versleten en geordend. Alles is gebeeldhouwd tot in de allerkleinste details – al-les hangt of staat op een voetstuk naar beneden te kijken. Adair schuift een kerkbank in, en ik ook. Twee banken voor ons knielen drie vrouwen met zwarte sluiers naast el-kaar, hun handen in gebed gevouwen. Vlak bij hen, aan de andere kant van het gangpad, is een Japanner druk bezig zijn camera op een statief te zetten. Tussen de poten van het statief door is een kind met een speelgoedautootje over de tegels aan het racen.

'Dit is mijn meest favoriete plek in heel Spanje,' zegt Adair. Ik denk aan Miguel en de dodenstad. Ik denk aan verdwijn-nen. Ik kijk langs Adair naar de stenen die de ruimte op afstand houden. Ik kijk naar de brandende kaarsen en de Christusbeelden – het ene Christusbeeld na het andere, wel duizend. Toeristen schuifelen de gangpaden op en af. De vrouwen bidden. Iemand zingt en iemand anders registreert het lied, het geklik van de camera doorkruist het gezang.

'Wat heeft Miguel jou over mij verteld?' vraag ik haar.

'Dat je intelligent bent en een beetje pissig.' Ze glimlacht. 'Eerlijk gezegd,' zegt ze, 'zou ik ook pissig zijn.' Ze pakt haar tas – een enorm groot geval in de kleur van veenbessen – en haalt er een fotomapje uit. 'Toen was ik zeventien,' zegt ze. Ze laat me een foto zien van een meisje, dat met haar benen over elkaar op een koffer zit. Haar kin rust op haar vuist. Haar mond is klein, vastberaden. 'Ik bewaar die foto,' zegt ze, 'zodat ik het niet vergeet.'

'Wat niet vergeet?'

'Slechte tijden worden betere tijden. Er gaan deuren open.'

'Je bent niet veel veranderd,' zeg ik tegen haar. 'Je ziet er nog net zo uit.'

'Lieve help, dat hoop ik niet,' zegt ze.

Ze wacht tot ik wat zeg, iets, kijkt me aan alsof ik weer zou kunnen verdwijnen en niet weer voor de dag zou komen, alsof ik weer moeiteloos de draak met haar zou kunnen steken, zoals ik nu deed.

'Zo was het niet bedoeld,' zeg ik.

'Het leven is gek,' zegt ze. 'Ik bedoel: vreemd.' Ze corrigeert zichzelf. 'Het enige wat ik wist toen ik Engeland verliet, was dat ik Engeland verliet. Het enige wat ik wist toen ik hier kwam, was dat ik me hier niet thuis voelde. Ik heb gestreden totdat ik me wel thuis voelde. Totdat ik de school had afgemaakt. Totdat ik Javier tegenkwam.'

'Hoe?'

'Wat hoe?'

'Hoe heb je hem ontmoet?'

Ze gaat erin mee dat ik haar interview, dat ik haar alle vragen stel. Zo blijven we aan de praat. 'Op een feestje. Iemand stelde ons aan elkaar voor. Ik vond hem oud en liep weg. De volgende dag belde hij me op. Bleek ik hem leuk te vinden. Bleek dat ik zijn moeder ook leuk vond, en zijn broers, dat ik het leuk vond hoe ik bij hun gezin ging horen,' zegt ze. 'Grappig, omdat ik nooit echt gedacht had nog een kans te hebben op familie. Dat bedoel ik, snap je? Zo is het leven. Je verliest, je ontvangt, je neemt. Grandioos.'

'Mijn vader is gestorven,' zeg ik. 'Mijn vader is mijn familie.'

'Weet ik,' zegt ze. 'Miguel heeft het me verteld.' Ze legt haar hand op de mijne, en die blijft daar – koel, bleek – maar het verandert niets aan de situatie en dat kan het ook niet. 'Hij was de allerbeste, weet je. De aller-aller-beste. Hij maakte foto's voor zijn werk. Dat was z'n beroep. Terwijl bijna iedereen tegen hem zei dat hij iets anders moest gaan doen. Met name mijn moeder vond dat. Zo was hij, mijn paps. Hij wist wat belangrijk is.'

'En jij niet?'

'Hoe bedoelde je, ik niet?'

'Maak jijzelf ook foto's? Ik dacht dat Miguel me zoiets vertelde?'

'Film. Ik maak graag films. Stom gedoe voor tv-lessen. Korte filmpjes met mijn vrienden in de hoofdrol.'

'Hollywood,' zegt ze.

'Niet echt. Documentaires. Het echte leven. Dingen die waar gebeurd zijn.'

'Doe je dat hier ook? Ik bedoel, een film maken?'

'Ik heb mijn camcorder niet eens bij me.'

'Waarom niet?'

'Omdat mijn moeder alles ingepakt heeft. En omdat ik niet naar Spanje ben gekomen als toerist. Dat heeft ze wel duizend keer herhaald. Ik ben naar Spanje gekomen omdat niemand ooit te weten mag komen dat "dit" is gebeurd. Ik ben naar Spanje gekomen omdat jullie hier zijn. Jij en Javier. Weet je, mijn moeder neemt de beslissingen. Mijn moeder is erg belangrijk.'

Ze glimlacht. 'Net als mijn moeder, toen.'

'Misschien.'

'Niet alle moeders zijn zo,' zegt ze, en ik besef dat dit haar cv is, wat zij te bieden heeft, alles wat ik moet weten: zij zal niet zo zijn als mijn moeder. Langs de stenen muur branden de kaarsen. Christus kijkt naar beneden, verbaasd en teleurgesteld.

'Dit gaat allemaal voorbij,' zegt Adair. 'En je zult het overleven. Je zult verbaasd staan. Je zult het zien.'

'Ik zie niks,' zeg ik. Plotseling herinner ik me het zakje van Angelita, haar middeltje tegen zere ogen.

'Kom op,' zegt Adair. 'Ik wil je iets laten zien.'

24

*H*et hoekje van de hemel waar de onweersbui zich aan-
kondigde, heeft nu het halve firmament in beslag genomen. Adair loopt naast me, ze houdt haar pas in ten
behoeve van de baby en mij. 'In Sevilla is dit mijn lieve-
lingsuitzicht, op een na,' zegt ze. Ze wijst omhoog, naar
de klokkentoren van de kathedraal. 'De Giralda,' zegt ze;
mijn oog volgt de gedetailleerde Moorse patronen, langs de
sleutelgatramen.

Er staat een rij mensen, maar die is niet lang. Adair betaalt,
en weer loopt ze iets voor mij uit, op de hellende treden
die naar de top van de toren leiden. De hellingen hebben
scherpe bochten en cirkelen helemaal naar boven. Zo nu
en dan houdt Adair stil om me het uitzicht te laten zien
door een sleutelgatraam. Toeristen passeren. Schoolkinderen. Een verliefd stelletje. Ze schopt haar schoenen uit en
loopt op blote voeten verder. Vertelt me hoe een sultan
eens te paard de hellende treden in de toren opreed – een
sultan nota bene. Vertelt me hoe de klokken de Moren in
Spanje opriepen tot gebed en hoe ze dreigden de toren
compleet plat te branden als de christenen die in bezit zouden nemen, maar de christenen wonnen. Koning Alfonso
won. De christenen maakten zich meester van de toren.
'Balkons,' zegt Adair. 'Filigrein. Wij Europeanen doen alles
zo minutieus.'

Haar schoenen bungelen aan haar vingertoppen; ze is buiten adem en stopt niet. 'Vierendertig hellende treden of

zoiets,' zegt ze. Maar plotseling is er geen hoogteverschil meer, gaat de helling niet verder omhoog, en we zijn buiten, hoog boven Sevilla – boven het mos dat dichtbegroeid aanwezig is op de stenen steunbeer, en de diamanten die in het plein beneden gekerfd staan, en de bloembakken en de hangmatten op de daken, en het koper en het kopergroen. 'Santa Cruz,' zegt Adair, wijzend naar de kronkelende straten. 'Alcázar,' wijst ze naar het nabijgelegen paleis. 'De Judería arcade.' Ik kan er iets van zien, maar niet alles. Ik voel me raar en hoog en duizelig, aan de binnenkant van mijn huid verkoold. Terwijl ik weer op adem kom, loop ik naast Adair op het terras van de toren en wacht tot de schoolkinderen aan de kant gaan, tot de verliefden hun foto's hebben gemaakt, tot een meisje met knalrood haar uitgespeeld is met haar camera. Adairs haar raakt verwaaid als de blaadjes aan een wilg. 'Plaza de Toros de la Maestranza,' zegt ze uiteindelijk – en daar in de verte is de arena, voor de helft in de zon en voor de andere helft zilverkleurig door de schaduw van de wolken; de slanke, ononderbroken bogen vormen een volmaakte ellips. De arena kijkt van de grond omhoog, zonder met de ogen te knipperen.

'Ze noemen het de kathedraal,' zegt Adair. 'Typisch Spaans, vermoed ik.' Ze rolt met haar ogen alsof ze me nog meer wil vertellen en me deelgenoot wil maken van de roddels van Spanje, alsof alles tussen ons koek en ei is: we zijn op een muur gestoten, we zijn eromheen gelopen, we hebben onze middag nuttig besteed. Dit is van ons samen. Adair en ik. Adair en jij. Die deal hebben we gesloten.

'Is het waar?' vraag ik.

'Wat?'

'Dat Estebans vader hier gestorven is?'

Ik voel hoe ze me bestudeert: mijn te lange neus, mijn te

dunne lippen. Ik heb de ogen van mijn vader, ik vind ze mooi en ik hoop dat jij ze ook hebt – mijn ogen, de ogen van mijn vader, onze manier van kijken. 'Zo tragisch,' zegt Adair dan. 'Een van Miguels stieren – hebben ze je dat verteld? Ik was hier toen nog niet, natuurlijk. Ik heb het verhaal gehoord. Iedereen hier kent het verhaal.'

Een stier van Los Nietos, denk ik. Dan denk ik aan Esteban, in het donker, in het boomhuis, die in de sterren naar zijn ouders zoekt. Ik zie de arena, in de verre verte. Het open oog tussen de talloze kronkelende straatjes. De panvormige zandvlakte in open verbinding met de hemel. Iedereen heeft het gehoord. Iedereen weet het. Er zijn geen geheimen. Je zult geen blond haar hebben. Je zult geen violette ogen hebben. Je verliest, je ontvangt, je neemt. Esteban werd wees door een stier van Los Nietos. Ik maak van jou geen wees, nee. Dit is toch anders?

'Wat is er met jou aan de hand?' vroeg Ellie op een dag, eind april. We waren naar de sintelbaan gegaan om naar Tim te kijken die een wedstrijd had. Andrea stond verderop langs de baan hem toe te schreeuwen: 'Laat je niet kisten, zet 'm op, twintig meter, Timmy, twintig meter, wat is nou twintig meter, ga door', terwijl Ellie en ik hoog op de tribune zaten. Ik had haar hand vastgepakt toen het startschot klonk, en toen was Tim aan het rennen en Andrea aan het schreeuwen, en ik huilde. 'Hé,' zei Ellie, 'het is maar een hardloopwedstrijd. Hij wint wel', maar ik zei dat het daar niet mee te maken had. Ik kon niet ophouden met huilen, en zij hield me vast.

'Je kunt het mij gerust vertellen,' zei ze, maar het was ondenkbaar dat ik dat kon doen. Ik had het allemaal diep weggestopt, het grootste geheim van de wereld. We hadden iets afgesproken. Ik zou weggaan en terugkomen, en niemand zou ooit te weten komen waarom. Niemand behalve mijn moeder en Kevin en de mensen in Spanje, maar Spanje was niet thuis. Spanje was niet echt. 'Ik ga naar Spanje,' had ik de anderen verteld, 'voor een avontuur.'

Ze keken mij aan of ik gek was.

Net alsof ik hen in de steek liet.

Net alsof in de steek laten iets voor mij was.

Net alsof alles wat we voor elkaar waren geweest, niets betekende, totaal niets.

'Miguel houdt van Esteban als een zoon,' zegt Adair nu. Ik vraag me af of ze verder nog iets heeft gezegd wat ik niet gehoord heb, wat ik nooit zal weten. Bedoelt ze dat jij werkelijk het kind bent waarvan ze gaat houden? Ik vraag het me af.

Ik wilde dat Kevin zei: ik kom je halen, ik kom je halen, ik heb er spijt van.

'Ik ken iemand die net als jij films maakt,' zegt ze. 'Volgens hem is dat het helemaal – een vol en gelukkig bestaan.'

Ik kan geen woord uitbrengen. Ik haal de schouders op.

25

We vinden Gloria waar Miguel haar heeft achtergelaten, met Miguel in slaap achter haar stuur, een krant in vieren gevouwen op zijn schoot. Het slechte weer is nog dichterbij gekomen, er is een snijdende wind opgestoken. Adair verontschuldigt zich voor het feit dat we zo laat zijn, hangt door zijn geopende raampje en geeft hem een kus. 'Ik was de tijd compleet vergeten,' zegt ze, terwijl ze met haar hand het haar uit het gezicht houdt.

'Javier is weer bij het huis,' zegt Miguel tegen haar, terwijl ik de gordel omdoe. Hij steekt de sleutel in het contactslot en draait zich naar achteren om te zien of er iets aankomt, maar Adair rent op haar hakken om de auto heen, buigt voorover door mijn raampje en kust mij ook. 'Tot later,' zegt ze. Dan rijdt Miguel de stad uit, voorbij het stuk met de benzinestank, totdat er geen fortmuren of gebouwenlinten meer zijn. Een purperen vuist doemt op aan de horizon.

'Je hebt dus met Adair kennisgemaakt,' zegt Miguel.

Ik antwoord niet.

Hij rijdt recht op het slechte weer af. Hij verlaat de halve zon in Sevilla en zet koers naar het hart van de storm. De olijfbomen zijn zilverkleurig. De hoofden van de zonnebloemen hangen omlaag. Ik leun achterover tegen de zitting en sluit mijn ogen – ik herinner me dat Ellie de avond van de wedstrijd nog laat opbelde, nadat Andrea en Tim en Ellie naar *Minella's* waren gegaan om Tims overwinning te vieren – zijn enige overwinning in het hele seizoen.

'Het is niks voor jou om zo te huilen,' zei ze. 'Ik ben je vriendin en ik snap er niets van. Waarom vertel je me niet wat er aan de hand is?'

'Het is gewoon dat er nu aan alles een einde komt,' zei ik. 'Laatste jaar en zo. Dat is er aan de hand.'

'Maar wij stoppen niet,' zei ze. 'Wij gaan hierna gewoon door.'

Ik wilde haar alles vertellen, maar ik kon het niet. Ellie vertellen betekende Andrea vertellen betekende Tim vertellen. Alles wat een van ons overkwam, overkwam de anderen, en deze zwangerschap was alleen mij overkomen. Ik kon het hun niet vertellen omdat ik het niet kon uitleggen, want als ik het deed en Kevin erachter kwam, zou het lijken op een rechtszaak met je vrienden als rechter. Iedereen aan het beraadslagen. Iedereen met een mening. Zij aan de ene kant en ik aan de andere. Er waren al genoeg scheidslijnen getrokken.

'Ik begrijp het niet,' zeg ik uiteindelijk.

'¿Qué?'

'Waarom Adair met zo'n ouwe vent is getrouwd.'

We leggen kilometers en kilometers af voordat Miguel antwoordt.

'Liefde,' zegt hij, en dat is alles. Dat is alles wat hij erover zegt. Weer gaan er kilometers voorbij. Dan vraag ik hem of het waar is.

'Wat?'

'Over Estebans vader en de stier.'

Miguel draait met zijn ene goede oog mijn kant op. 'Er zijn dingen die wij niet kunnen veranderen,' zegt hij.

Hij laat me achter bij de poort, rijdt Gloria achterom en zet het contact uit. Ik hoor haar hortend stilvallen. De binnenplaats is saai en leeg – behalve de katten en de hagedissen en Arcadio, in diepe slaap in de verweerde loveseat. Geen idee waar de andere zigeuners zijn. Ze leven en ademen en bewegen door de schaduwen van dit huis – altijd zijn ze hier, altijd zijn ze aanwezig.

Estela is niet in de keuken. Ze is niet in de stierenkamer en ook niet in de slaapkamer; de deuren naar de logeerkamers zitten potdicht. Het kan me niet schelen wat voor regels hier gelden: ik moet met iemand praten. Ik ga terug naar Estebans binnenplaats en open de deur naar buiten, waar Esteban bezig is Tierra te roskammen. Hij beweegt de borstel in halve cirkels; zijn hoed heeft hij achterover geduwd. De lucht heeft de kleur van roestvrijstalen lepels.

'En?' zegt hij.

'Ze is Brits,' zeg ik.

'En?'

'Ik weet het niet. Echt niet.'

Hij gaat staan en strijkt over Tierra's rug, zegt iets in haar oor. Ze trekt haar lippen tegen haar tanden en schudt haar hoofd. Dan overreedt Esteban haar één hoef op te tillen, die neer te zetten, rechtop te staan. Hij komt naar me toe, neemt mijn hand in de zijne en laat die over de botten van Tierra's neus glijden, helemaal tot aan haar halster. Zijn hand is zacht en koel; ze is teder. Ik voel iets van vlinders in mijn buik.

'Wacht hier,' zegt hij tegen mij; hij verdwijnt in de box en komt terug met een zak wortels. 'Ze heeft honger,' zegt hij. 'Zorg dat ze zich goed blijft voelen.' Ze gaat tekeer op de wortel alsof het een oude harmonica is. Esteban gaat verder met waar hij mee bezig was: hij hurkt en schrobt, praat en kalmeert, het paard huivert bij elke streling. Als ik Tierra nog een wortel geef, pakt ze die; het sap druipt langs haar lip naar beneden.

'Je kent haar dus?' zeg ik, en mijn stem klinkt raar. 'Je kent Adair? Ik bedoel, ken je haar goed?'

'Natuurlijk. Ze is hier voortdurend, met Javier. Javier en Miguel – ze doen allebei in stieren.'

'Ik vind dat ze te jong is om moeder te zijn.'

'Jij bent jonger,' zegt hij. 'Toch?' Hij staart mij aan terwijl hij met de borstel langs de lange knot van Tierra's staart gaat. 'Maar… mij is het gewoon overkomen. Voor haar is het anders: zij wil dit.'

'Zo is het niet altijd geweest.'

'Wat?'

'Vroeger wilde ze dit niet.'

'Wat bedoel je?'

'Miguel kreeg een telefoontje van Mari, de vriendin van je moeder. Ze zei dat er een probleem was met een baby. Miguel wist wel wie hij moest vragen. Adair had het altijd over baby's. Javier liet haar er altijd over doorgaan.'

Ik probeer me een voorstelling te maken van die gesprekken. Dat lukt niet. Ik zeg niets, en Esteban vervolgt:

'Eerst zou je bij Adair logeren, maar Estela wilde er niet van horen. Ik zal goed voor haar zorgen, zei ze. Estela stond erop. De rest ging ermee akkoord.'

Estela stond erop. Miguel ging akkoord. Adair had het altijd over baby's.

'Hier,' zegt Esteban, voordat ik een kans heb hem iets te vragen, voordat er tijd is om het allemaal uit te vogelen. 'Help me even.' Hij pakt de zak met wortels en hangt die aan een haak buiten de box. Hij geeft me een borstel en laat me zien hoe je Tierra's dikke witte manen moet bewerken. Hij staat achter me, zijn hand over de mijne, zijn adem in mijn oor, zijn huid ruikend naar leer en hooi, en ik denk aan Adair in de winkel, in de kerk, Adair die vierendertig hellende treden beklom om mij het uitzicht te laten zien.

Waarom zou Estela zoiets doen voor iemand die ze nooit eerder had ontmoet? Ik draai me om en vraag het hem: 'Waarom zou iemand van jullie dat doen?'

'Misschien omdat je een baby krijgt.'

'Dat ik een baby krijg, is duidelijk.'

'Misschien omdat Estela zich iets kon voorstellen bij een baby, ook al had ze geen beeld bij jou.' Hij haalt de schouders op, een besluiteloze blik in de ogen. 'Ik weet het echt niet,' zegt hij. 'Dat zul je zelf aan haar moeten vragen, denk ik.'

De lucht is aan het veranderen, de wolken schuiven boven ons. Er klinkt een zacht gerommel in de verte, en dan een knal dichterbij. Esteban kijkt langs me heen, en legt een hand op Tierra's nek.

'Het is beter om haar binnen te brengen,' zegt hij, terwijl hij zijn hand, naast de mijne, in het halster doet. 'Tierra heeft een hekel aan stevig onweer.' We leiden het paard terug naar de box, wij samen. We trekken haar naar binnen, sluiten de deur achter ons. Een bliksemschicht splijt de lucht, en dan nog een, en nog een: grote gele flitsen die de hemel doorklieven en de randen van de wolken in brand zetten.

'Kalm maar,' zegt Esteban tegen Tierra. 'Kalm maar, meisje.' Ze schudt haar hoofd en gaat op haar achterbenen staan. Esteban praat haar naar beneden, streelt haar nek, laat me zien hoe ik haar moet kalmeren.

In de volgende box aan de overkant staat Antonio zenuwachtig te hinniken. Vanuit de twijgenboom in Estebans kamer roepen de vogels. Esteban, naast me, beweegt niet. De hemel valt alsmaar in stukken uiteen. Naar mijn idee val ik zelf ook uiteen in scherpe brokstukken: ik ben het niet, maar ook weer wel. Kenzie, het Amerikaanse meisje. Het kribbige kind dat niets dan narigheid heeft gebracht sinds ze hier is beland. Alsof zij de enige is die problemen heeft. Alsof zij alleen al met haar aanwezigheid de rest een bepaalde gunst bewees.

'Ik deug nergens voor,' zeg ik in het Engels. Esteban begrijpt het niet, en dat was ook mijn bedoeling. Niemand hoeft mij te zien zoals ik mezelf zie.

'Adair heeft me de arena laten zien,' zeg ik na een poosje. Esteban geeft geen reactie.

'Vanaf de toren. We zagen de arena vanaf de toren.'

'Sevilla *is* de arena,' zegt hij. 'Je kunt hem van alle kanten zien.'

'Waarom noemen ze het de kathedraal?'

'De poorten, de toegangspoorten,' zegt hij. 'Die hebben ze uit een kathedraal gehaald.' Hij maakt duidelijk dat hij er niet over wil praten. Hij wil niet dat ik nog meer vragen stel.

'Ik heb spijt van wat er gebeurd is,' zeg ik.

Hij leunt tegen me aan. Dat is zijn antwoord. Hij zegt niets, laat simpelweg wat tijd voorbijgaan, laat de regen de binnenplaats modderig maken, het boomhuis afspoelen, de stieren doorweken – de stieren die nauwelijks beschutting vinden onder de sprietige takken van de olijfbomen en die geen idee hebben, nog geen greintje besef, van wat er binnenkort met hen gaat gebeuren. 'Niets gaat voorbij,' zegt Esteban na lange tijd. 'De dingen die je onthoudt niet, en ook niet de dingen die je nog steeds wilt.'

Het gaat harder regenen. Buiten op de binnenplaats zijn nu meren – onverwachte zilverkleurige plassen die breder en breder worden en ook steeds dieper.

'Estela heeft het me nooit laten vergeten,' zegt Esteban nu.

'Wat bedoel je?'

'Dat mijn moeder van me hield. Dat mijn vader van me hield. Dat heeft ze me iedere dag weer verteld. Bij de lunch en bij het avondeten. "Je ouders hielden van jou, Esteban". Je leert nooit koken zoals Estela, tenzij je een gigagroot hart hebt.'

'Zal wel,' zeg ik. Maar het is een feit dat ik het heus wel weet.

Ik wil niet dat hij beweegt, wil niet dat er een eind komt aan de regen, wil die druk tegen mij aan niet kwijtraken, wil niet nog een dag met zon – zonder een plek om me te verstoppen, zonder tijd voor schaduw. Maar met het grijs komt er een flard blauw aanzweven, er knalt een laatste donderslag, maar er volgt geen nieuwe bliksem.

'Het onweer is voorbij,' zegt Esteban. De regen stroomt van het dak af en stijgt op van de grond als damp. Het wordt een nevel.

'Mag ik met je mee naar het bos?' vraag ik hem. 'Alsjeblieft?'

'Misschien,' zegt hij. Nu hoor ik Estela roepen.

26

*I*k tref haar in haar bruine jurk aan in de keuken, naast haar een schaal onthoofde ansjovissen, bezig met het opbakken van uien en paprika's op het fornuis. Ze draait zich niet om, ze vaart niet tegen me uit, ze waarschuwt me niet uit de buurt van Esteban te blijven. Ze is Estela, de lerares die zich uitslooft met haar Engels.

'Jij kijkt,' zegt ze. 'Opletten.'

In de pan worden de uien glazig. De rode en groene paprika's doen denken aan kerst. Na het opbakken pakt Estela een brede houten lepel en schept het opgebakken voedsel over de helft van de ansjovis. Dan legt ze een tweede ansjovis boven op elke eerste, alsof ze een sandwich aan het maken is. Op een platte schaal stort ze een heuveltje bloem waar ze elke sandwich doorheen haalt. Vervolgens wordt iedere sandwich in een schaal geklopte eieren gedoopt en daarna gebakken in de pan.

'*Anchoas rellenas*,' zegt ze, zich uiteindelijk omdraaiend. 'Je hebt opgelet?'

Ik knik.

'Jij leert ze zelf te maken. Over een paar weken jij maakt ze.'

'Voor weer een feestje?'

'Om te bewijzen dat je kunt. Hoe was Sevilla?'

'Ze gooiden bloemen vanaf het dak.'

'Natuurlijk, en verder?'

'Ze stopten sinaasappelen in hun badkuip.'

'Niet zo vreemd, en verder?'

'En ik heb kennisgemaakt met Adair.'

'En?'

'En,' zeg ik. 'En.' Ik trek mijn schouders op, laat ze zakken. Estela draait de ansjovissen om, de ene sandwich na de andere; niets plakt aan elkaar vast. De stoom van de olie stijgt op uit de pan en doet haar haren uitzakken. 'Iedereen houdt van Adair,' zegt ze ten slotte. Ik ben er zeker van dat dit waar is, en ik begrijp ook waarom, maar er is te veel om te zeggen, dus zeg ik niets – en iets in dat niets brengt een verandering teweeg in Estela. Er valt een soort muur naar beneden, wat tederheid daalt neer – wat begrip misschien. Ze kijkt me aan en voor de verandering kijk ik niet door haar heen. Ze dwingt me niet om conclusies te trekken over Adair of Javier of over wat dan ook. Ze vraagt me niet of ik antwoord heb gekregen op al mijn vragen.

De kruiden zijn schoongespoeld, afgedroogd en in stukjes gesneden. De rauwe ham is in dunne plakjes gesneden. Een lendenstuk staat in de marinade. Estela legt de laatste hand aan de ansjovissandwiches, veegt haar handen af aan haar schort en trekt een stoel onder haar versleten tafeltje vandaan. Ze laat haar ellebogen zakken, laat haar grote armen hangen en volgt nu met haar vinger een lange groef in het hout. 'Deze tafel is net zo oud als ik,' zegt ze ten slotte. 'Misschien zelfs wel ouder.' Ze schudt haar hoofd, trekt haar vingers door het haar. 'Zo veel verloren van de oude tijd,' zegt ze.

'Zoals wat, Estela?' vraag ik. Ik pak er een tweede stoel bij en ga schuin tegenover haar zitten – dankbaar dat ze niet boos is, dankbaar dat ze praat en geen bevelen geeft, dankbaar dat ze hier zit. Zonder herrie te maken, zonder scherp te zijn, zonder weer als regelnicht te fungeren, zonder me te testen, zonder dreigende blikken te werpen op de zigeuners die al haar feestjes in de war hebben gestuurd. Misschien heeft de onweersbui haar gezuiverd. Misschien is er iets gebeurd met Luis. Maar Estela is niet boos en ze is niet veeleisend, en ik wil dat zij mij een verhaal vertelt. Ik wil dat wij ophouden met elkaar te kwetsen.

'Net als marionetten', gaat Estela verder, 'die kwamen in de stad: Don Cristóbal en Juffrouw Rosita. Net als mijn moeder, met sherryvlekken in haar jurk. Net als de *churros* die ze op straat verkochten. Net als de manden met vijgen bij de jongens op de rug. Net als het meisje dat ik zag: ze werd gedragen van de ene plek naar de andere – met vlechtjes in het haar en in haar mooiste jurk. Ze was dood, maar ze zweefde als het ware door de lucht. Santa Maria, madre de Dios,' zegt ze, luid zuchtend. 'Alles is voorbij.'

'Maar Luis is nog hier. En jij ook.'

'Ooit wij waren jong,' zegt ze. 'Och, wij waren echt jong. Jong en dwaas. Toen Franco kwam en niemand kon meer jong zijn. Priesters zonder kerk, landeigenaren zonder land, onderwijzers verkopen houtskool op straat, Spanje was niet meer van ons. Geen rieten boten, en ik kon niet vinden Luis.' Een grote traan vult Estela's ooghoek. Ze zet er een vuist tegenaan. Ze zit en praat niet, en ik praat ook niet. Er is een vlieg geland bij de groef die haar vinger volgde. Buiten, op de binnenplaats, hoor ik de zigeuners neerstrijken. Iemand lacht, iemand haalt de trommel tevoorschijn, iemand speelt een *rasgueado* en draait aan de volumeknop. Als ik door de open deur naar de aarde verderop kijk zie ik Rafael het stof van zijn voeten afkloppen en zie ik het stof opstijgen als mist.

Ook Estela heeft haar hoofd omgedraaid; ze kijkt naar de binnenplaats. Ze kijkt naar Joselita en de trommel, naar

Angelita en haar jurk, naar Arcadio met zijn gitaar met de lange hals. Dan schuift ze haar stoel naar achteren en gaat staan. Ze haalt haar vingers door het haar, trekt aan haar oorlelletje. 'Toen je was weg, iets is gekomen voor jou,' zegt ze. 'Ik heb gelegd het op je toilettafel.'

'Heb je nog hulp nodig, Estela?'

'Nee, we zijn klaar,' zegt ze.

'Weet je het zeker?'

'Ik weet het zeker. Ga kijken naar je post. Ga rusten.'

De spiegel op de toilettafel is een vlakke roestige glasplaat die sproeten op mijn gezicht veroorzaakt. Daar vind ik de ansichtkaart keurig in de spiegellijst gestoken, met de foto naar voren. Zonsondergang in Stone Harbor. Een gouden lijn over de zee en een meeuw die het goud met zijn vleugels doorklieft – en aan de rand van de zee is een meisje, in het wit. Als ik de kaart uit de hoek van de lijst haal, lees ik de woorden achterstevoren in de spiegel: *.uoj roov meh neraweb eW .plehcs etkaamlov nee dnov eillE.*

Ellie vond een volmaakte schelp. We bewaren hem voor jou.

Ik draai de kaart om en om, maar dat is alles: de zee, de meeuw, het meisje in het wit, het nieuws over Ellies schelp.

Heb je hem al geantwoord?

Nog niet.

Denk je dat je dat zult doen?

Ik sluit mijn ogen en ik zie de kust van New Jersey. Ik zie Andrea in haar zwarte bikini op haar knalroze handdoek liggen. Ik zie Tim en Kevin en de *bocce*-ballen – en Kevin die wint. Ik zie Tim tegen Kevin zeggen dat zijn geluk opraakt en ik zie Tim met witte zonnebrandcrème op zijn neus. Op Tims schouders zitten sproeten zo groot als een wereldkaart. Zijn knieën zijn zo rood als een kreeft.

Ellie draagt dezelfde oranje bikini als in de derde klas. Haar magere botten tekenen zich scherp af tegen de lucht. Zij is het eerste wat je opvalt, over de houten planken heen, over de zandduinen.

Je ziet geen oceaan, geen parasols, geen vliegers hoog in de lucht. Je ziet Ellie – haar hoofd omrand met pikzwart haar, haar ranjakleurige bikini, de fleurige teenslippers aan haar voeten. Je ziet de ronding van het goudkleurige petje dat ze al sinds haar twaalfde draagt. Je ziet Ellie, de strand-artiest, in de weer met haar sculptuur van de dag - Ellie die haar plekje vindt bij de vloedlijn, waar het vochtige donkere zand steeds lichter van kleur wordt. Ze test haar zandmix, verkruimelt handenvol, brengt het zand in een grote klomp bijeen. 'O, mijn geweldige metselzand,' zegt ze, en ze schept het op en maakt er een hoge toren van en graaft er loopgraven omheen zodat ze het van de zee kan winnen. Ze maakt je nieuwsgierig, laat je wachten; je kunt de oceaan ingaan en op je vlot slapen, of je kunt hoefijzer-werpen, of de frisbee overgooien, of je valt in slaap onder een opengeslagen pocketboek – en al die tijd is Ellie bezig met haar zandsculptuur, alsof die het allerbelangrijkste ooit in de wereld is, alsof ze nooit en te nimmer hoeft te beslis-sen wat ze moet doen met een baby waarvan ze niet dacht dat ze die al zo gauw zou krijgen.

'Ik heb mosselschelpen nodig,' zegt Ellie. 'Ik heb van die twijgachtige stokjes nodig.' Het zal wel. Ellie is een ster in zandsculpturen – ze houwt zandauto's uit waarmee je bijna kunt rijden, ze slaat mini-achtbanen uit de bodem, tatoeëert het strand met grappige cartoongezichten en gaat er de hele middag keihard tegenaan. Denk maar niet dat je het strand ooit kunt verlaten voordat Ellie klaar is. Je weet nooit wat ze gaat doen. Je zult nooit weten waar ze haar ideeën vandaan haalt of hoe ze de eigenschappen van het zand leert kennen.

Ze zeggen dat Ellie niet erg slim is, maar dat is ze wel degelijk.

Aan Ellie kun je dingen vertellen; dat had ik moeten doen. 'Ik heb mijn roeping gevonden,' zegt ze, en het kan haar totaal niets schelen dat haar roeping haar langzaam tussen de vingers doorglipt. Dat ze met lege handen staat als de zee er eenmaal aan komt rollen – op dat moment komt de zee aanrollen en je wilt niet kijken, maar je doet het toch: je ziet de oceaan door haar loopgraven spoelen. Je ziet het zand uiteengaan bij de vestingmuren. Je weet dat er geen stoppen aan is – de vloed komt op, de loopgraven vullen zich en de kindertjes die toe stonden te kijken werpen zich voor het schuimende water om het tegen te houden. Ze huilen als hun poging mislukt, maar Ellie niet. Ellie huilt niet. Ze zet haar petje op haar hoofd en spoelt haar teenslippers af, gooit al haar gereedschap in de oranje emmer en zegt: 'Laten we een duik gaan nemen.'

Ze zegt: 'Zandkastelen blijven nu eenmaal niet lang overeind.'

Ze zegt: 'Op zandkastelen kun je niet bouwen.'

Ze vroeg: 'Wat is er aan de hand?' en ik durfde haar niet in vertrouwen te nemen.

Onder mijn raam, op de binnenplaats, zit Joselita als een koningin in een jurk met blauwe biezen. Angelita draagt iets roods, de bloemen van een cactuspeer vastgespeld in het haar; ze is de papieren bloem vast verloren. Ze zoekt mij nu achter het raam, vindt me, raakt haar oog aan, alsof ze wil vragen of ik nu beter kan zien. Voordat ik weet wat ik moet zeggen komt Rafael eraan via een andere deur, met een fles in zijn ene hand en in zijn andere hand een hengselmand met een stel glazen erin. Alles ziet er fris uit na de regenbui. Arcadio begint met het lied, Bruno valt hem bij, Luis loopt nu de binnenplaats op en ziet mij bij het raam – en nu draaien ze allemaal hun gezicht mijn kant op en zingen een zigeunerlied voor een Amerikaans meisje. Oude woorden die fonkelnieuw aanvoelen:

Ik kom niet uit dit land.
Ook ben ik hier niet geboren.
Het lot, rollend, rollend, rollend,
bracht me helemaal hierheen.
Ik ga alleen naar de akkers,
ga erheen om daar te schreien.
Ik zoek de eenzaamheid
omdat mijn hart zo zwaar is
van de pijn.

'Ay! Ay!' schreeuwt Luis. Nu duikt de ooievaar van de schoorsteen naar beneden en vliegt zo dichtbij dat Luis zich uitstrekt, alsof hij de buik van de witte vogel zou kunnen aanraken. Luis steekt beide handen omhoog, maar de vogel vliegt weg – en Luis lacht inwendig, gaat zitten alsof alleen al de poging voldoende bewijs is voor de grappige goedheid van het leven. Plotseling herinner ik me mijn vader – het tochtje dat we samen maakten naar *Hawk Mountain*, toen mijn moeder geen zin had. We hadden anderhalf uur gereden en de auto geparkeerd. We hadden gelopen en alles leek zilverkleurig of had een wazige glans van purper. De rotsen van de *Kittatinny*-bergrug waren langs de valleiranden omlaag gevallen. Gesteente uit de ijstijd, zei mijn vader. Hij had zijn fototoestel bij zich en ik mijn camcorder. Ik wilde proberen de beweging van een vogel tot stilstand te brengen, het lied van de vleugels te bevriezen in een kader. Ik wilde de kalkoengier vangen in zijn thermiekbel of de arend in de wind.

We klommen naar de hoge rotsen bij het noordelijke uitzichtpunt en gingen zitten. Paps wees naar een roodstaartbuizerd en een breedvleugelbuizerd en een Amerikaanse sperwer en een havik. Hoe harder de wind ging waaien, des te meer vulde de lucht zich met vogels, en ik zoomde in en speurde en worstelde met scherpte en diepte. Ik legde mijn camera geen moment neer, maar scherpstellen lukte niet. Alles wat ik die dag filmde, liep door elkaar heen en vervaagde. De beelden vertelden geen verhaal.

Later vroeg ik mijn vader om mij de foto's te laten zien die hij gemaakt had. Hij nam me mee naar beneden, naar zijn doka, en liet me zien wat hij had: Kenzie op de rotsen, Kenzie peuterend aan een laurier, Kenzie bezig met het maken van vogelfoto's, de ogen toegeknepen.

'Waarom?' vroeg ik hem. 'Waarom heb je geen foto's van de vogels gemaakt?'

'Je moet weten wat je onderwerp is,' zei hij. 'Je moet weten wat nooit vergeten mag worden.'

De dag zakt weg in schemering. De zigeuners in hun witte overhemden zijn de enige lichtpuntjes. De maan komt op als een pan die in de fik staat. Estela loopt de keuken uit met haar schaal ansjovissen en achter haar loopt Esteban, met in elke hand een bord. Hij gaat naast Luis zitten, aan de andere kant van Miguel. Hij legt zijn hoed in zijn schoot en ik kan niet meer ademhalen, ik kan zelfs niets zien door de waas voor mijn ogen.

'Kenzie!' roept Estela. 'Kom hier.'

Maar ik kom alleen als ik het kan, als ik kan ophouden met huilen. Tegen die tijd ziet de lucht er heel anders uit. Het eten is doorgegeven en opgegeten.

'Ze willen dat ik jou het flamencoverhaal vertel,' zegt Miguel als ik bij de tafel kom, de stoelen, de loveseat, de opgestapelde, rommelige spullen. Esteban gaat staan en schuift een stoel bij. Ik laat ons, jou en mij, erin zakken, kijk dan naar Estela, die in haar keuken staat, met haar armen gekruist onder haar borst en met een behoedzame blik.

'Flamenco,' zegt Miguel, 'is de harmonie van scheve verhoudingen. Het gaat om de regels, en om de regels die gebroken worden.'

'Vertel haar dat we afstammen van Kaïn,' zegt Joselita, ook in het Spaans. 'Zeg dat we de bannelingen zijn. Dat ieder lied met lijden begint en daarmee eindigt. Vertel haar dat.' Ze laat haar voeten onder de zoom van haar rok uitsteken en zet het halve vat op haar schoot. Haar huid is donker en slap als gesmolten chocolade.

'We hebben liedjes, de *cante chico*,' vertelt Miguel me echter. 'De *bulerías*, *alegrías*, *fandangos gitanos*. En dan is er het geheimzinnige lied, *cante jondo* – de *siguiriya gitana*, de *soleá*. Kenzie, deze zigeuners hier – de vrienden van Luis – zijn beroemd om hun cante jondo.'

'Om onze keel kapot te schreeuwen,' zegt Rafael, 'op de maat van de muziek. Om bezeten te raken van onze liederen. Vertel haar dat.'

'Alleen aan de aarde vertel ik mijn zorgen,' zingt Arcadio zachtjes, 'want nergens ter wereld vind ik iemand die ik kan vertrouwen.'

'Als mijn hart vensters had,' zingt Bruno de volgende regel, 'dan kon je naar binnen kijken en zien dat het bloeddruppels huilde.'

'Deze zigeuners – ze zijn beroemd,' zegt Miguel. 'Ze beginnen al heel jong; ze speelden voor Lorca. Ze hadden *duende*. Hebben duende. ¿Sí?'

'Duende?' vraag ik.

'Een worsteling,' zegt Esteban tegen mij.

'Zeg haar wat duende doet,' zegt Angelita tegen Miguel. 'Vertel haar dat.'

'Duende is macht,' zegt Esteban. 'Het is groter dan wij.'

Rafael sleept zijn stem door een jammerklacht heen. Joselita slaat zo hard op het halve vat dat het op een dag in miljoenen stukjes zal breken. Ik wacht om meer van Miguel te horen, maar blijkbaar komt er niet meer. Flamenco is gebroken regels, en de vrienden van Luis zijn beroemd. Esteban zit hier naast me en ik wil dat hij vooroverbuigt, me aanraakt. Estela staat bij de drempel en houdt ons in de gaten.

'Nu weet je het,' zegt Miguel.

'Ja, zal wel.'

'Nu ben je ingewijd.'

'Gracias.'

Luis leunt naar Miguel, zegt iets. Miguel buigt zich de andere kant op, naar mij. 'Hij wil dat je omhoogkijkt, naar de sterren,' zegt hij.

'Doe ik,' zeg ik tegen hem.

Het lijkt of er nooit een onweersbui geweest is. De sterren staan dichterbij dan ik ze in Pennsylvania ooit heb gezien. Luis en Miguel en Esteban en ik en de katten en de hagedissen en de paarden en Estela in haar keuken zijn de gevangenen van de sterren en van de zigeuners, die weer een lied hebben ingezet. We zijn gevangenen, samen.

Het boompje op het veld
wordt bevochtigd met dauw.
Net als de stoep

van je straat
wordt bevochtigd door mijn tranen.

Gedetineerden, denk ik. Schipbreuk geleden op een onbewoond eiland. Misschien hoort de ooievaar op de schoorsteen de flamenco. Misschien stijgt de flamenco langzaam op naar de sterren en misschien komt ze weer naar beneden, naar Adair – en misschien rolt ze in Stone Harbor met de zee mee het strand op of hangt ze met het zout in de lucht, en kijkt Kevin verbaasd op. Flamenco is gebroken regels. De vrienden van Luis zijn beroemd. Esteban is vlakbij. Je thuis is waar je je thuis voelt, het is een keuze die je maakt. Ik voel dat Esteban mij aankijkt, zijn hand op mijn schouder.

Als mijn vader hier was, zou hij foto's maken van details. Driekwart van Luis' glimlach. Slechts een van Angelita's te kleine voeten. De keurige kraag om Miguels nek. Arcadio's vingers op de snaren. Joselita met het halve vat op haar schoot. Estebans hand op mijn schouder. Later zou hij dan alle stukjes in een collage verwerken, de volgorde veranderen en weer veranderen. Hij zou de hoeken en de patronen en het licht vinden en hij zou zeggen: 'De camera kijkt nooit voor ons. Het is aan ons om op te letten.' Opletten, denk ik, opletten. Omdat nu Angelita richting Luis beweegt. Dan buigt ze zich naar hem toe, zichzelf in evenwicht houdend aan zijn knieën. Nu geeft ze mij een knipoog – een groot 'let op' – en ze zegt tegen Luis dat hij haar een kus moet geven. Plotseling spat de binnenplaats uiteen. De keukendeur slaat met een klap dicht; een wervelstorm van woede stuift omhoog. Miguel gaat staan. Arcadio's vingers verstarren. Bruno is in één klap broodnuchter. Angelita wijkt geen millimeter van Luis' knieën.

'Santa Maria, madre de Dios,' zegt Estela, terwijl ze haar hand optilt naar Angelita's gezicht en haar, hard en kordaat, een klap geeft.

'Estela!' zegt Miguel, terwijl hij haar terugtrekt en in bedwang houdt.

'*Déjalo solo,*' zegt ze tegen Angelita.

'Estela!' herhaalt Miguel, en nu zegt ook Luis Estela's naam. Angelita gaat staan en wil ook wat zeggen, maar Joselita houdt haar vast.

'Hij is niet van jou,' zegt Estela in het Spaans, de woorden eruit spugend. Ze stampt ons allemaal voorbij naar haar keuken, smijt de deur dicht. Angelita haalt de bloem uit het haar, raakt het zakje om haar nek aan, wrijft op de zere plek op haar gezicht. Luis tilt haar van zijn schoot. Hij loopt dwars over de binnenplaats, gaat bij de poort staan en kijkt naar de sterrenhemel.

'Kenzie,' zegt Miguel, 'ga kijken of je kunt helpen.'

'Estela helpen?'

'Sí.'

'Hoe kan ik Estela helpen?'

'Jij helpt haar,' zegt hij, en ik sta op. Ik loop over de binnenplaats naar de keuken, naar de deur van Estela's slaapkamer. Ik baan me een weg door haar potten-en-pannenland. Bij haar deur gekomen roep ik haar.

'Ophoepelen,' zegt ze.

'Nee.'

'Jawel.'

'Mag niet van Miguel.'

'Nou en?'

'Nou en, Estela? Nou en?' Omdat ze vanmiddag nog met me praatte, omdat we oprecht tegen elkaar waren, omdat we onze hatelijkheden hadden laten varen.

'Doe dit niet, Estela,' zeg ik, en ik hoor dat er in haar kamer met iets gegooid wordt, dat er iets op de grond wordt gesmeten. 'Estela,' zeg ik, staande bij haar slaapkamerdeur, mijn voorhoofd ertegenaan. Te moe om een vin te verroeren. Te moe om te proberen uit te vogelen of er geen oplossing voor is. Je kunt niet koken zoals Estela als je hart niet gigagroot is. Estela's hart is reusachtig – en het is gebroken.

'Doe nou maar je deur open,' zeg ik. 'Alsjeblieft?'

'Ik heb nodig niemand,' zegt ze.

'Jij hebt ons allemaal nodig,' vertel ik haar.

'Ik niet.'

'Je hebt haar geslagen, Estela. Echt in het gezicht geslagen.'

'Aan welke kant sta jij? Wat heeft zij gedaan? Wat voor tovertruc?'

'Wees redelijk, Estela.'

'Zij geeft een kus, terwijl ik toekijk.'

'Doe de deur open zodat we kunnen praten.'

Maar ze wil geen antwoord geven en ze wil niet naar buiten komen en ook hier schiet ik tekort; ik kan het niet oplossen. Ik laat haar met rust. Ik loop weg. Door het huis, langs de stallen, richting Estebans kamer, waar het licht aan is en de deur openstaat. Hij zit op zijn bed, met Bella op de schouder, zijn laarzen weggestopt in een hoek. Zijn hoed hangt aan de van stokken geknutselde boom. Er staat een ingelijste foto op zijn dressoir. Een zwart-witfoto. Met drie mensen erop. Een ervan is Esteban, voordat dit allemaal gebeurde. Dingen worden weggenomen. Dingen worden gegeven.

'Hoe gaat het met haar?' vraagt hij.

'Ze wil niet met me praten,' zeg ik.

'Zo is Estela,' zegt hij. 'Geef haar de tijd.'

Bella vliegt als een mot – van de ene hoek van de kamer naar de andere. Limón blijft in de kooi en kijkt naar de voorbijvliegende Bella. 'Het lijken wel twee totaal verschillende mensen,' zeg ik.

'Ze kunnen redelijk met elkaar opschieten.'

'Zal wel.'

De vrouw op de foto is lang, met donker haar en grote ogen. De man draagt een stierenvechtershoed en een cape. De jongen kijkt weg, ergens naartoe.

'Als je wilt,' zegt Esteban, 'mag je binnenkomen.'

Ik verroer me niet.

'Ik zeg: alleen als je wilt,' zegt hij.

Ik blijf waar ik ben, half binnen, half buiten, de maan en de sterren stralend achter me.

'Morgen ga ik een eindje rijden met Tierra,' zegt Esteban dan. 'Er is ruimte voor twee,' zegt hij. 'Zelfs voor drie.'

Deel II

27

*H*ij praat haar de binnenplaats af, het hek door en de weg op. Hij zit achter ons, terwijl hij met zijn ene hand de teugels vasthoudt en met zijn andere ons tweeën.

'Het is simpel,' zei hij tegen me. 'Klim er maar op. Estela weet ervan, ze hoeft dus niet ongerust te zijn.'

In het kreupelhout staan cactusperen en roze bloemen. Tegen het lange hek aan leunen vaten met zonverwarmd water. De weg kruipt richting een verzameling gele huizen – huizen met golfplaten daken en luiken voor de ramen, de huizen van boeren en stierenmensen. Het gras op de velden lijkt op stro in de kerststal. De bergen in de verte lijken wel plat gehamerd door de zon.

Tierra's hoeven kloppen ritmisch op de zachte grond. Hoe verder we gaan, des te ruiger wordt het landschap – het struikgewas wordt steeds dichter, de olijfbomen kronkelen door elkaar heen en het lijkt erop dat de bloemen de hitte niet zullen overleven. Boven ons vliegen vogels, met twee of vier tegelijk. Grote exemplaren met rood in hun vleugels. Kapotte bloempotten zijn overwoekerd met mos. De bougainville slingert zich rond de hekken. De kurk- en eucalyptusbomen staan rechtop als standbeelden. In de schaduw aan de overzijde lopen herten.

Als de weg zich splitst verwisselt Tierra het brede pad voor het smalle, schaduwrijke pad, met dennen en eiken en rozen. Het lijkt wel een tuin die iemand vergeten is. Een plaats voor herten en vogels, maar heel anders dan de bossen thuis in Amerika, die donkerder, hoger en koeler zijn en waar kleur minder binnendringt.

'Daar is het,' zegt Esteban in mijn oor. Ik vraag me af wat hij bedoelt, totdat ik besef dat hij jou heeft voelen bewegen – zijn hand op mijn buik en op jou. Ik buig achterover naar hem toe, laat mijn gezicht tegen zijn wang rusten.

'Het is een danseres,' vertel ik hem, en ik wil hem alles vertellen over de parels die je wervelkolom vormen, over de zaden die je ogen zijn, en over de manier waarop je met je handjes speelt. Het zijn geen vliesjes meer, het zijn echte vingers.

Hij zegt tegen Tierra dat ze rustig aan moet doen. Als de takken te laag afhangen, laat hij haar even halt houden. Hij springt eraf, draait zich om en strekt zijn armen naar mij uit. Ik herinner me Kevin op het strand, de lange pijpleiding. Zijn armen die me weer op de grond deden belanden. Zijn armen die zich uitstrekten naar Ellie.

We hadden voorzichtiger moeten zijn.

'We kunnen hier wel gaan zitten,' zegt Esteban, 'en wachten op de vogels.'

Hij bindt Tierra aan een stevige boomtak vast. We lopen door kreupelhout en lavendel en als Esteban de takken opzijschuift, zie ik de rots verderop – zo groot als de achterkant van een walvis, uiteengescheurd door flitsen van gele bloemen.

'Ik heb de rots ontdekt toen ik nog een jochie was,' zegt hij.

'Ik dacht dat dit een ander land was.'

Als ik ga zitten, gaat hij zitten. Als hij achterover gaat liggen, ga ik ook achterover liggen.

'Zolang je niet beweegt, weten de vogels je te vinden.'

'De vogels kennen je dus,' antwoord ik.

'Misschien.'

'Een jongen die door vogels gekend wordt.'

'Het heeft lang geduurd,' zegt Esteban. 'Maar ja, het is zo.'

'Hoelang?'

'Ik denk sinds ik een jaar of zeven was. Toen gaf Miguel me Tierra en leerde me paardrijden. Jullie zullen samen opgroeien, zei hij. En dat is gebeurd.'

Ik denk eraan hoe mijn leven – tot Spanje – altijd draaide om het deel uitmaken van een groter verband, hoe we een eenheid vormden: Tim, Andrea, ik, Ellie en Kevin. Samson, Saunders, Spitzer, Strenna, Sullivan: de S'en. Maar toen ging mijn vader dood en mijn relatie met Kevin veranderde. We hielden het een poosje geheim – het was ons geheim. September, oktober, november: niemand wist ervan en niemand had een flauw idee. We waren al leugenaars – Kevin en ik. We vertelden het aan niemand, niet aan Andrea of Tim en vooral niet aan Ellie, die smoorverliefd was op Kevin. Dat wist iedereen. 'Ik denk dat hij me leuk vindt,' zei ze dan, en ik zei: 'Misschien.' Of ze zei: 'Ik ga hem mee uit vragen. Eens kijken wat hij zegt.' 'O ja?' zei ik dan. 'Echt?' Maar natuurlijk deed ze het nooit, natuurlijk was Kevin al van mij – hij had mij boven Ellie verkozen.

Ze belde me wekenlang niet op toen ze de waarheid ontdekte, dus toen heb ik uiteindelijk zelf de telefoon gepakt en het aan haar verteld. Ze wilde op school niet meer met me praten. Ze wilde niet mee gaan bowlen. Ze wilde niet meer met ons rondhangen, wilde er niet over praten, wilde niet naar me luisteren als ik zei: het spijt me. Ze had haar haren superkort laten knippen en nog donkerder laten verven. Onder elk oog trok ze een dunne turkooizen lijn, totdat ze op een dag opbelde en zei: 'Hoi.' En ik zei 'hoi' terug. Toen zaten we zomaar aan de telefoon, in stilte, en probeerden we uit te vissen hoe we weer vrienden konden worden, hoe we weer heel konden maken wat kapot gegaan was. Soms kun je dingen rechttrekken, en soms niet, en Ellie stond toe dat we de boel rechttrokken. Daarna behandelden we Ellie als een prinses. Ik probeerde een betere vriendin voor haar te zijn, een beter iemand. Wat minder een leugenaar. Kevin was me meer waard geweest dan de eer van Ellie. Ik had haar in de steek gelaten. Het was stiekem gedoe. Het was verkeerd. Zij had de keuze om terug te komen of niet – en Ellie kwam terug, en daarom gaf ik nog meer om haar.

'Wat zou ik me eenzaam hebben gevoeld,' zeg ik tegen Esteban. 'als ik hier was opgegroeid.'

'Alles bij elkaar had ik het hier niet slecht. Estela zorgde voor een privéleraar. Miguel nam me mee naar Sevilla. Luis kwam. De zigeuners. Stierenmensen. Paardenmensen. Kwarteljagers. Er was altijd wel iets te doen. Ze deden wat ze konden. Ze deden heel veel.'

Maar toch, denk ik. Toch moet een zevenjarig joch zich volledig aan zijn lot overgelaten gevoeld hebben: een kind dat eerst zijn moeder had verloren en daarna zijn vader, een kind dat van de stad naar hier was gekomen, van dakterras naar boomhut, van Sevilla naar Los Nietos.

'Ik heb Estela een keer meegenomen voor een ritje op het paard,' zegt Esteban. 'Je had haar moeten zien. Ik had Tierra vast bij de leidsels en Estela zat in het zadel, en we reden zo langzaam als een paard maar kan. Maar Estela bleef constant naar haar handen kijken, bang als ze was om eraf te vallen. Ik bleef maar zeggen dat alles in orde was – hoofd omhoog – maar ze luisterde niet. Estela begrijpt de liefde alleen als die in één richting gaat. Als de liefde van de andere kant komt weet ze er geen raad mee.'

'En hoe zit het dan met Angelita?' vraag ik. 'Hun onderlinge verhouding, bedoel ik.'

'Rivalen, denk ik.'

'Waarom blijft Estela er maar op hameren dat Luis jarig is?'

'Omdat het haar een excuus geeft om speciale dingen klaar te maken. Luis komt elk jaar twee of drie keer. Als het niet met kerst is, dan is het wel met zijn verjaardag.'

'Wanneer is zij jarig?'

'Dat komen wij nooit te weten. Het is een van haar regels – en die kun je niet breken. Met kerst geeft Miguel haar geld. Dat geeft ze niet uit.'

'Ze heeft Angelita echt een klap gegeven.'

'Weet ik.'

'Haar geslagen. En heb je gezien hoe Luis daarna naar de sterren stond te kijken?'

'Hij is gecompliceerd. Hij zegt niet veel.'

'Mag ik je iets vragen?'

'Wat?'

'Over de foto in je kamer? Dat ben jij, hè? Met je moeder en je vader?'

'*Día de Reyes*, Driekoningen, 6 januari. De straten worden ontruimd, er is een optocht van grote praalwagens: de drie koningen en de schoonheidskoninginnen en de zingende kleintjes. Op de een of andere manier zat mijn vader ook in die optocht. Ik herinner me nog dat het, voor Sevilla, koud was. Eigenlijk is dat alles wat ik me herinner – dat het koud was, dat mijn ouders er waren. Maar het is de laatste foto van ons drieën. Miguel heeft hem gevonden en in een lijstje gedaan. Soms kijk ik er nog naar en dan zie ik dingen die ik nog niet had opgemerkt.'

Altijd aanwezig, denk ik. Ik denk aan de foto's van mijn vader thuis, hoe hij altijd zei dat je pas later weet wat je gezien hebt. Dat zien niet hetzelfde is als kennen. Dat kennen veel langer duurt. 'Oordeel niet,' zei hij vroeger. 'Beoordeel alles.' Wat zou hij van Esteban vinden, vraag ik me af. Wat denk ik? Wat weet ik?

'Kenzie,' zegt Esteban nu, 'kijk eens omhoog.'

Ik doe mijn ogen open en kijk omhoog. Hij hangt hoog in de lucht, met lang uitgestrekte vleugels. Hij is wit en gestippeld en scheert langs de blauwe hemel.

'Hij is altijd de eerste die komt,' zegt Esteban. 'Hij brengt de andere vogels.'

'Hij brengt ze?'

'Hij verschijnt eerst en daarna de rest. Let op,' zegt hij. Dan voert de vogel een show op – hij scheert door de lucht en spreidt zijn vleugels uit. Hij is daar helemaal in z'n eentje, lange, lange tijd – en dan, als het ware uit het niets, verschijnen er andere vogels. Sommige met een witte staart, andere met rode veren. Allemaal maken ze met hun vleugels figuren in de lucht. Ze zweven. Ze strijken niet neer.

'Wat zijn het voor vogels?' vraag ik, en Esteban antwoordt met woorden die ik niet ken, noemt vogels waarvan ik nooit heb gehoord, in de klank van een taal die niet de mijne is. Het doet er niet toe, besef ik. Het kan me niet schelen dat ik het niet weet. Ik zou hier kunnen liggen, denk ik, op deze rots, in Estebans armen. Ik zou hier kunnen liggen totdat dit allemaal voorbij is.

28

*A*l van verre zien we het: een voertuig met de glans van rode zuurtjes staat geparkeerd op de parkeerplaats achter het huis. Tierra gaat sneller lopen als ze de auto ziet. Esteban slaat zijn arm steviger om ons heen.

'Dat is Adair,' zegt hij. 'Adair en haar Spider.'

'Wat komt zij hier doen?'

'Ik zou het niet weten,' zegt hij. 'Maar als Adair iets in haar hoofd heeft, is ze er niet van af te brengen.'

29

Ze rijdt twee keer zo snel als Miguel ooit zou doen. Neemt wegen die ik me niet herinner. Praat, maar haar woorden verwaaien met de wind. 'Wat zeg je?' vraag ik haar, maar na een poosje maken we ons er niet meer druk om; we kijken alleen nog maar naar het voorbijvliegende landschap. Spaanse bloesem, verwaaid cypressenhout, een ijzeren kruis dat dwars door een boom groeit. Ergens staat een huis dat lijkt op een pannenkoek die vastgeplakt zit in de pan, en roze bloemen in grijze bakken, en ik denk aan mijn moeder en aan Kevin, en aan het woud van onbegrijpelijkheden. De vogels die kwamen en verdwenen door de bomen. Estebans armen om ons heen.

'Het is een danseres,' zei ik tegen hem. Elke seconde is de lucht nieuw – felle zon, plukjes wolk, de kleur van meeldauw – totdat onze weg eindigt en de snelweg begint. En dan is er alleen maar Sevilla aan de horizon en Los Nietos achter ons, en plotseling herinner ik me dat ik op een avond in februari in Kevins armen lag – mijn moeder was weg, het huis werd gevuld door alleen ons tweetjes.

Ik had ook mijn toekomst. Ik had Newhouse en films en Kevin die beloofde dat hij mij al die tijd in Yale niet zou vergeten en dat we, na Yale, na Newhouse, samen zouden zijn.

We hadden voorzichtig moeten zijn.

Nu rijdt Adair door de poorten van Sevilla en omhoog door de flipperkast van straatjes, langs de rivier en dan voorbij de brug. Zij draait de kant van Santa Cruz op, waar geen doorgang is omdat de straten te smal zijn, zelfs voor een Alfa Romeo Spider met de kap omlaag. In de bomen boven ons zit een zwerm witte vogels.

'Witte duiven,' zegt Adair, de eerste woorden na een lange stilte. 'Ontsnapte gevangenen uit het park.' Ze vindt een plaatsje langs een stoeprand en stopt. Ze stapt uit om mijn portier open te doen.

'Dat kan ik zelf ook wel, hoor,' zeg ik.

'Oké,' zegt ze. 'Fantastisch.'

'Ik ben niet ziek of zo, hoor.'

'Nee. Tuurlijk niet.'

De straten in dit deel van Santa Cruz zijn geplaveid met donkere en lichte stenen. Er zijn tralies voor de ramen. De muren zijn oranjebruin en oranjeachtig geel. We lopen een hele tijd door totdat we bij een zwarte deur stoppen, gehouwen uit een dikke vestingmuur. Adair diept een sleutel op uit haar tas en opent de deur. Onverwacht staan we in een ruimte die stukken breder is dan alle straten waar we doorheen gewandeld zijn, en stukken dichter bij de zon. De ruimte bestaat uit pilaren en bogen en hemel. Vanaf de vloer schieten citroen- en sinaasappelbomen, palmbomen, bananenbomen en pilaren de hoogte in. Er is een zwerm vlinders, of misschien is het stof, gevangen in de zonnestraal die een hoek doorsnijdt. Voorbij de binnenplaats, aan de andere kant van de bogen, hebben de ruimten een antieke uitstraling. Hier buiten, onder de hemel, vind je alleen maar bomen en bloemen, wolkige massa's bougainville.

'Javiers familie is gehecht aan oude dingen,' zegt Adair nu. Ze gooit haar tas op een stoel en stopt haar sleutels in de tas. 'Dorst?' vraagt ze, terwijl ze mij voorgaat naar de langste kamer aan deze binnenplaats: een keuken die volgens mij niet thuishoort in een huis dat veel wegheeft van een Spaans museum.

'Daar stond ik op toen we het huis kochten,' zegt Adair nu, alsof ze mijn gedachten kan lezen. 'Javier mocht zijn oude dingen hebben zolang ik maar een spiksplinternieuwe keuken kreeg.' Ze heeft alles in het wit: de werkbladen, de beide gootstenen, de kasten met hun glazen gezichten, de dubbele oven, de koelkast, de telefoon en een stel beslagkommen; zelfs de vazen aan beide kanten van een smetteloze tafel zijn wit. 'Zo nu en dan geven we een feestje,' zegt ze. 'Wat mag ik je inschenken?'

'Water?' vraag ik.

Ze glimlacht. 'Dat hebben we wel.' Ze haalt een kan uit de koelkast, vult een glas met ijs. 'Iets te eten?' vraagt ze, maar voordat ik kan antwoorden haalt ze een bord tevoorschijn en legt ze wat cakejes in een halve cirkel. 'Mario Alberto,' zegt ze. 'Zonder hem zou ik het niet volhouden.'

Ze schenkt een tweede glas water in, neemt het bord met cakejes in haar andere hand. 'Nu laat ik je het uitzicht zien waar ik allereerst voor viel in Sevilla,' zegt ze. Ik volg haar door het streepje zon naar de hoekkamer, waar twee stierenkoppen hangen en twee trappen een X vormen tegen de muur. 'Het maakt niet uit welke we nemen,' zegt ze tegen mij. Waar ik uit concludeer dat je via beide trappen bij haar favoriete uitzichtpunt uitkomt. Dus kies ik er een en blijf klimmen tot ik op een daktuin ben.

'Zie je de Giralda?' vraagt ze, al wijzend. 'Weet je het nog? En daar is de kathedraal. En daarginds het Alcázar.' Ze wijst naar het zuiden. 'Moorse geometrie. Palmen, grotten en hier en daar een doolhof.' Op het dak achter ons staan vier canvas stoelen in de schaduw van een gestreept baldakijn, met midden tussen de stoelen een tafel met glasplaat. 'Zullen we gaan zitten?' vraagt ze, terwijl ze het bord tussen ons in plaatst. 'Geniet van het uitzicht.'

'Je zou zo van dit dak af kunnen vallen,' zeg ik, terwijl ik naar voren, naar achteren en naar beneden kijk.

'Dat maken we in orde,' zegt ze. 'Maak je geen zorgen.'

Ik probeer haar raad op te volgen. Ik probeer te luisteren naar de verhalen die ze vertelt – over haar leven hier en de mensen die ze kent, de stierenvechters die Javier meeneemt naar huis, de filmsterren die naar de arena komen, naar de feestjes. Ze praat over Hemingway en Orson Welles en Rita Hayworth alsof ze nog steeds in leven zijn, een onderdeel van Adairs eigen verhaal – het bewijs dat ze iets meer heeft verdiend dan alles wat ze al heeft, namelijk: een huis met een reusachtig dakterras en een gloednieuwe keuken en een binnenplaats met een woud van palmbomen. Ze praat over haar moeder in Engeland, haar vader, zijn investeringen, haar broer die nooit uit huis is gegaan, over het park dat Maria Luisa heet, en de Plaza de España. Ze zegt: 'Ik ga je overal mee naartoe nemen, we hebben tijd zat,' en dan praat ze over de universiteit, waar ze zelf haar bul heeft behaald. 'Wist je trouwens,' vraagt ze, 'dat het ooit een tabaksfabriek is geweest? Een tabaksfabriek, totdat ze de hele boel stillegden. Ze hadden daar zelfs een eigen gevangenis, eigen stallen en eenentwintig fonteinen. Ken je *Carmen*?' vraagt ze. 'De opera *Carmen*?'

'Niet echt,' antwoord ik.

'O, dat is heel jammer. De tabaksfabriek en *Carmen* – ze horen gewoon bij elkaar.'

Ze eet één cakeje, breekt een stuk af van een tweede, en nu vraag ik me af of ze weleens iets anders eet, of jij wel genoeg zult hebben aan een dieet van suikergoed van Mario

Alberto. Ze spoelt de cake weg met een laatste slokje water, dan roert ze door de ijsblokjes.

'Sevilla is een prettige plaats – voor iedereen,' zegt ze ten slotte. 'Je moeder heeft een goede keus gemaakt toen ze je hierheen stuurde.'

'Misschien,' zeg ik. 'Zal wel.'

'Vind je niet dat je haar moet bellen?' vraagt Adair. 'Al was het maar om haar te laten weten hoe het je vergaat.' Haar te laten weten hoe het je vergaat – met de r die je amper hoort. Mijn dochter zal deftig leren spreken.

'Wat heeft Estela je verteld?' vraag ik. 'Over mij? Over mijn moeder?'

Ze glimlacht. 'Ze zegt dat je een Amerikaans meisje bent. Ze zegt dat er brieven zijn gekomen. Een paar telefoontjes.'

'Mijn moeder en ik kunnen niet met elkaar overweg,' zeg ik. 'En Kevin had met me mee moeten komen. Dit had ik niet in mijn eentje moeten hoeven doen.'

'Misschien kon hij gewoon niet,' zegt Adair. 'Maar dat betekent niet dat hij niet van je houdt.'

'Kevin is een van die jongens die volmaakt zijn, zolang ze zelf de maatstaven bepalen. Het soort dat zelf besluit wanneer en hoe. Ik weet dat hij van me hield. Ik weet dat ik van hem hield. Wat ik nu voel, weet ik niet. Kevin is waar Kevin is, en ik ben hier, en mijn moeder – wat moet ik in vredesnaam tegen mijn moeder zeggen? Weet je, ik doe maar wat. Ik ben hier gewoon. Mijn moeder heeft me gestuurd.'

'Om te beginnen,' zegt Adair, 'kun je haar vertellen dat je niet alleen bent.'

'Maar dat ben ik wel.'

'Hoezo?' vraagt ze. 'Denk daar maar eens over na.'

Ik voel mijn gezicht warm worden en kijk de andere kant

op, naar de toppen van de palmen in de paleistuin, naar de witte vogels die heen en weer fladderen in het groen. Ik voel Adairs hand mijn arm aanraken. Als ik me omdraai, zoeken haar ogen de mijne.

'Ik zal je kind behandelen alsof het mijn eigen kind is,' zegt ze. 'Ik zal alles doen wat goed voor hem is. Dat beloof ik.'

'Haar,' zeg ik.

'Pardon?'

'Haar.'

'Een meisje? Echt waar, Kenzie?'

'Niet dat ik het echt weet, hoor. Het is gewoon mijn gevoel – iets binnen in me.' Ik adem diep in en weer uit.

Ze legt haar hand over de mijne. 'Dan is het een zij,' zegt ze. 'Een klein meisje.' En ze kijkt zo hoopvol en blij dat mijn hart tegen mijn ribben beukt, en ik voel jou binnen in me, je voeten al echt die van een mens, je vingers al echt die van een mens, duwend. Wat zou jij zeggen als je het begreep? Wat zou je willen dat ik doe? Wat kan ik nog geven als ik alles weggeef? Wat mag ik nemen dat van mij is?

'Ik wist het niet,' zegt Adair. 'Jongen of meisje. Dus ik… Nou… Hier, lieverd. Ik wil je wat laten zien. Daarom heb ik je hier gebracht.'

Ze gaat staan en ik volg haar over het dak, de trap af. Bij de tweede verdieping slaat ze af, loopt een lange hal in. Het is alsof we door een stenen doos lopen – alles is van marmer. Bij de derde deur draait ze zich naar mij om en laat me naar binnen.

'Wat vind je ervan?' zegt ze. 'Is het niet schattig?'

Ze doet een stapje opzij zodat ik alles kan zien, in me op kan nemen: de nieuwe wieg en de antieke schommelstoel, het quiltkleedje op de commode, de helderwitte mand, de clowns van papier-maché die aan het plafond hangen en die elk door een ballon omhoog worden gehouden. 'Ik heb ze geel laten verven, de muren,' zegt ze dan. 'Ik wist het gewoon niet. Ik hoop dat het goed is. Ik hoop dat ze het leuk vindt. Vind jij het leuk, Kenzie? Wat vind je ervan?'

'Het is fleurig,' zeg ik.

'Sterrenlicht, zei ik tegen Javier. Hij vond me misschien wel een beetje gek, maar hij vindt het ook leuk, en jij blijkbaar ook? Vind je de clowns leuk? Denk je dat zij ze leuk zal vinden? Zwart-witmobielen vind ik zo saai, dat eindeloze gedraai. Waarom dan geen clowns? Waarom niet iets fris, zoals clowns? Clowns vertellen een verhaal. Ze laten je naar iets raden. Ze doen niet belerend. Voor dat leren is er nog tijd zat.'

Plotseling is het hier allemaal – de toekomst, jij in Adairs armen, bij het raam, omlaag kijkend naar de straten van Santa Cruz, op en neer springend onder de bungelende clowns, een beetje lijkend op Kevin, en een beetje op mijn vader, en in alles je eigen ik, tegen haar huid. De toekomst is hier in deze kamer, en ik houd mijn adem in, en het ademen doet pijn, en ik kan het niet.

'Ik wilde dat je zou zien hoe gelukkig jouw baby zal zijn. Onze baby,' zegt ze. 'Het gaat erom dat ik niet wil dat jij je zorgen maakt. Ik heb een dokter uitgezocht – echt de allerbeste. Ik zal erbij zijn, bij de dokter. Ik zal erbij zijn, in het ziekenhuis. Ervoor en erna, lieverd.'

Ik kijk haar in de ogen, en ze meent het.

'En kijk eens,' zegt ze, 'daar op de commode. Dat pakje is voor jou. Gewoon een kleinigheidje.'

'Adair, ik wil geen…'

'Nee, kijk. Pak het maar. Ik kan er zelf toch niks mee.' Ze loopt de kamer door, pakt een wit, ingepakt cadeautje en geeft het aan mij. 'Maak het maar open,' dringt ze aan. Ik wil het niet; ze kijkt toe; ik maak het open. 'Javier heeft het door een vriend laten uitzoeken,' zegt ze. 'Iemand uit de filmwereld die we kennen. Hij organiseert hier het filmfestival, een echte bobo. Misschien ontmoet je hem nog weleens. Ik hoop dat je er iets aan hebt, Kenzie. Ze zeggen dat dit apparaat de allerlaatste snufjes heeft. Ik ben niet zo van de gadgets hoor, maar...'

Wat ze verder nog zegt hoor ik niet. Ik heb de doos uitgepakt. Ik ben verwonderd, en misschien bang.

'Ik kan dit niet aannemen, Adair.'

'Natuurlijk kun je dat wel. Het is voor jou en voor niemand anders.'

'Het is een te groot cadeau, Adair. En...'

'Wat is nou een cameravrouw zonder camera?' zegt ze. 'Dan heb je iets te doen tijdens het wachten. En dan, als je naar huis gaat, kun je Spanje meenemen. Meenemen naar je moeder, oké? Meenemen naar je vrienden.'

'Ik kan het niet.'

'Je kunt het best. Iedere dag is weer een dag dat je dit overleefd hebt, toch? En Javier wil je voorstellen aan onze vriend, de filmregisseur. Over een maand of zo brengt hij een of ander klassiek stuk uit, iets wat hij regisseert. Je mag erbij zijn op de set, volgens Javier. Je kunt misschien iets leren van de manier waarop ze hier films maken.'

Ik kijk haar aan, ze staart terug. 'Je moet Javier bedanken,' zegt ze. 'Het is geen relatie van mij.'

'Maar...'

'Luister nu even. We gaan hier weg. We gaan kijken of dat ding het doet.'

'Adair,' zeg ik, 'ik moet iets doen.'

'Wat dan?'

Als ik het tegen haar zeg, gaat ze meteen akkoord. 'Ik weet precies de juiste plek,' zegt ze.

30

Het is donker tegen de tijd dat Adair me weer afzet bij Los Nietos. Geen licht in de keuken, geen zigeuners op de binnenplaats, geen Miguel in de bibliotheek waar hij soms zit met zijn laarzen op het bureau, één arm gebogen achter zijn hoofd, pratend over stierendingen met stieren-mensen. Ik kan Esteban niet vinden en als ik op Estela's slaapkamerdeur klop, komt er geen geluid. De deur knarst als ik hem opendoe; schaduwen komen in beweging.

'Estela?' vraag ik.

Het bed onder haar kraakt.

'Estela? Is alles goed met je?'

'Laat me met rust,' zegt ze, maar de vechtlust is uit haar woorden verdwenen. Als ze rechtop gaat zitten, neemt ze niet de moeite het warrige haar in een knotje te doen. Ze neemt nergens de moeite voor. Het licht uit de gang stroomt de kamer in en nu kan ik zien hoe de walm van een kaars, grijs als een slang, naast het bed omhoog kringelt.

'Waar is iedereen?' vraag ik.

'Miguel heeft meegenomen Esteban naar Sevilla.'

'Echt waar?'

'De stieren,' zegt ze. 'Het is hun tijd.'

'Je bedoelt…?'

'Sí. Ja, dat bedoel ik: ze zijn weg. Geen vragen stellen.'

'En Miguel heeft Esteban meegenomen?'

'Traditie,' zegt ze. 'Elk jaar.'

'Maar…'

'Niets.'

'En alle anderen?'

'Ik heb gezegd tegen hen: jullie koken eten.'

'Eten koken?'

'Ik kon het niet,' zegt ze. 'Ik kon niet koken voor ze vandaag.'

Ze heeft gehuild. Al die tijd heeft ze hier gelegen, kwaad op Angelita, kwaad op Luis, beschaamd om zichzelf – alleen. Ze heeft hier al die tijd gelegen, piekerend over haar open zenuw. Zelf eten klaarmaken. En de zigeuners zijn weg.

'Je moet met Luis praten,' zeg ik na lange tijd.

'Ik had gepraat met hem,' zegt ze. 'Die middag, toen jij en Miguel waren naar Adair. En toen Angelita ging zitten op zijn schoot en vragen hem om een kus en alles kapotmaken. Opnieuw.'

'Ga weer met hem praten, Estela.'

'En wat ik zeg tegen hem?'

'Wat het ook is wat je hem nog niet gezegd hebt, Estela, je bent gek als je het niet doet.'

'En dat zeg jij.'

'Zorg dat je niet je hele leven spijt hebt, Estela.'

'Ha,' zegt ze. 'Ik ben klaar met mijn leven. Mijn leven is voorbij, ik ben oud en ik zeg niks.'

Ik ga dichter bij haar staan, het bed kraakt enorm, om gek van te worden en ik vraag me af hoe ze 's nachts kan slapen in een bed dat zo veel herrie en geknars produceert. Ze zit in het halfdonker en kijkt naar de omhoog cirkelende kaarsenrook.

'Hou op met dat zelfbeklag,' zeg ik. 'Ga rechtop zitten. Ik heb in Sevilla iets gevonden.'

'Fijn voor jou.'

'Iets voor jou, ik heb iets voor jou gevonden.'

Ze draait zich om in het bed, het kraakt. 'Wat heb jij gedaan?' Ze doet haar armen over elkaar, kijkt bijna boos.

'Doe je ogen maar dicht.'

'Waarom?'

'Doe je ogen dicht. En niet stiekem kijken.'

'Ik speel niet spelletjes.'

'Dit is geen spelletje, Estela. Doe je ogen dicht.'

Ik wacht tot ze zover is, en ten slotte geeft ze zich gewonnen. Ik stop mijn hand in de tas die ik uit Sevilla heb meegenomen. Ik haal er het pakje met geel vloeipapier uit en leg het op Estela's schoot. 'Oké,' zeg ik. 'We zijn klaar.'

'Klaar voor wat?'

'Doe nu maar gewoon je ogen open, Estela. Alsjeblieft.'

Ze kijkt mij eerst aan, dan kijkt ze op haar schoot, dan kijkt ze mij weer aan. Ze fronst haar wenkbrauwen.

'Voor Estela,' zeg ik. 'Gefeliciteerd met je verjaardag.'

Ze draait het pakje om, maar knoopt het touwtje niet los. Ze kruist haar armen over haar borst.

'Estela,' zeg ik, 'maak het maar gewoon open.'

'Het is niet mijn verjaardag,' zegt ze.

'Iedere dag is jouw verjaardag.'

'Het is niet speciale dag.'

'Nou niet langer zeuren. Maak het pakje nu maar open, alsjeblieft.'

Haar handen dalen op de strik neer. Ze maakt de strik los, haalt het papier eraf. 'O, mijn hart bloedt,' zegt ze.

'Je kunt niet flamenco dansen in een oude bruine jurk,' zeg ik tegen haar.

'Kenzie.'

'Adair heeft me geholpen,' zeg ik.

'Ik kan niet,' zegt ze.

'Wat kun je niet?'

'Ik kan niet dragen die jurk.'

'Wat is daar nu het nut van – een jurk zonder iemand erin? Ga staan. Kijken of hij past.'

Ze blijft zitten.

'Estela, je moet.'

'Te mooi,' zegt ze. 'Niet voor mij.'

'Hij is alleen voor jou,' zeg ik. Dan zeg ik dat als zij de jurk niet wil dragen, ik nooit meer haar tapas zal eten, haar gazpacho, haar lango-wat-dan-ook. Ik zal geen peer meer doormidden snijden. Ik zal geen artisjok meer afbreken. Ik zal niets meer in haar keuken doen. Ik zal wandelingen gaan maken, heel verre wandelingen, en ik zal haar niet vertellen waar ik naartoe ga. Ik zal dansen met de zigeuners. Ik zal samensmelten.

'Santa Maria, madre de Dios,' zegt ze. 'Kenzie, het Amerikaanse meisje.'

'En jij bent de koningin van Los Nietos,' zeg ik.

Ze gaat met een gerimpelde vinger langs de wallen onder haar ogen. Ze probeert haar kapsel in orde te brengen, maar tevergeefs. Dan strijkt ze met haar hand over de jurk. Alsof het de enige jurk is die ze ooit heeft gezien, het enige cadeau dat ze ooit heeft gekregen. 'Je moeder heeft gebeld,' zegt ze. 'Alweer. Ik heb verteld aan haar dat jij bent een echte kok.'

'Heb je haar dat verteld?'

'Ik moest iets zeggen, toch?' zegt ze.

'Je had haar kunnen vertellen dat ik nu beter kan zien dankzij het uiteinde van de staart van een zwarte kat,' zeg ik. 'Dat had wel indruk op haar gemaakt.'

'Poeh,' zegt Estela met een afwimpelend gebaar van haar arm. 'Ik heb een hekel aan Angelita.'

31

Ze komen niet thuis, Miguel en Esteban, en ook Luis en de rest blijven weg – Arcadio, Rafael, Bruno, Joselita en ook Angelita. Als Estela eindelijk opstaat, eindelijk naar de keuken gaat, doet ze dat alleen voor mij. Ik zeg dat ze dat niet moet doen. Ik zeg tegen haar dat ik me wel red. 'Trek de jurk eens aan,' zeg ik, en zij zegt: 'Misschien. Later.'
'Waarom niet nu?'
'Je moet eten,' zegt ze. 'Voor de baby.'
Ze buigt zich vooraan naar het vriesvak, haalt er een zak bevroren zeeduivel uit die ze onder de warme kraan afspoelt tot het ijs vis wordt. Ze haalt het vel eraf en de graat eruit. Snijdt de vis met een mes in dobbelsteentjes, kiepert alles in een schaal met citroensap en knoflook. Zegt dat ze het gaat bakken.
'Doe dat nou maar niet,' zeg ik.
'Wat heb jij gegeten vandaag? Koekjes en water?'
'Het is maar één dag, Estela.'
'Het is jouw baby.'
Ze verhit de olie en bakt in stilte. Ze blijft zwijgen en ik mag haar niet helpen.
'Laat mij ook wat doen,' zeg ik.
Uiteindelijk geeft ze toe. 'Jij maakt de vla, dat is makkelijk.'
Ze zegt wat ik moet pakken en wat ik moet doen, hoe vla tot stand komt, en dan ben ik in de weer. Ik kook citroenschil, kaneel en melk in een pan naast de bakpan met zeeduivel. Ik kluts de eierdooiers en de suiker en de

maïzena. Ik zeef wat melk, voeg de eieren toe en doe de rest van de melk weer in de pan. Dan doe ik een stapje achteruit, giet het eiermengsel in de pan met melk en zet de hele boel in de oven.

'Concentreren,' zegt ze. 'Jij moet het goed doen. Wacht tot de vla is zoet en stolt.'

'Zoiets maakte mijn vader vroeger voor kerst,' zeg ik.

'Ik dacht dat je moeder kookte.' Ze kijkt verbaasd.

'Hij was de ontbijtkok en de vakantiekok. Hij was een kei in wentelteefjes en kerstdingen. Ik mis zijn wentelteefjes. Ik mis kerst.'

'Jij weet wat ik herinner me van kerst?' vraagt ze.

'Nee,' zeg ik. 'Weet ik niet. Hoe zou ik nou moeten weten wat jij je herinnert?'

'Ik zal vertellen een verhaal aan jou,' zegt Estela. Dan begint ze te vertellen over de boten die de slagers met kerst in de etalage hingen. 'Bootjes gemaakt van door elkaar gevlochten etenswaar. Saucijsjes als roeispanen. Hammen net zeilen. Sinaasappels alsof lading goud.'

Estela vertelt hoe zij en haar broer dan rondliepen op zoek naar de allermooiste boot. Die namen ze dan mee naar huis, eentje met marsepein en chocolade.

'Dat was vóór de oorlog,' zegt ze. 'Vóór Luis. Toen alles was simpel.'

Ze zucht boven het gesis van de pan, en we werken stilzwijgend verder. Het lijkt alsof de vla gaat lukken en de zeeduivel ruikt verrukkelijk.

'Adair heeft een camcorder voor me gekocht,' zeg ik tegen haar.

'Een camcorder?'

'Om mee te filmen. Terwijl ik hier ben.'

'Dat is aardig,' zegt ze, maar niet alsof ze het meent.

'Ze heeft de babykamer geel laten verven. Er hangen clowns in.'

Estela kijkt verbaasd.

'Clowns, weet je wel – papieren clowns. Ben je daar ooit geweest, in het huis waar Adair woont? Het lijkt wel een kasteel, alleen kleiner.'

'Adair doet alles groot,' zegt Estela, terwijl ze geen antwoord geeft op mijn vraag en mij aankijkt over de stoom van haar pan.

Als de zeeduivel klaar is zegt ze dat ik moet gaan zitten. Ze trekt een sleetse stoel bij de tafel en gaat naast me zitten. 'Geef meer tijd aan de vla,' zegt ze, en dan prikt ze met een vork in mijn bord met vis en beslist dat het goed genoeg is, dat ik ervan moet eten.

'Mijn baby zal alles hebben,' zeg ik. 'Als-ie opgroeit bij Adair.'

'Vast wel.'

'Het is een meisje,' zeg ik.

'Sí. Gefeliciteerd.'

'Het zou mijn dochter geweest zijn,' zeg ik. En dan begin ik te huilen en plotseling kan ik niet meer ophouden met huilen.

'Jij bent niet gelukkig,' zegt Estela.

'Ik kan niet gelukkig zijn,' zeg ik.

'Mij aankijken, Kenzie.'

'Dat doe ik, Estela.'

'Jij kent je eigen hart?'

'Ik ken helemaal niets.'

'Jij denkt,' zegt ze. 'En jij niet terugkomt voordat jij weet het antwoord.'

32

*A*ls ik mijn ogen opendoe, zijn de sterren boven dit oude boomhuis voorbij gewenteld. De nacht heeft geen blauw, maar is zwart. Zwart, bezaaid met duizenden sterren. Misschien is mijn vader daarboven, misschien heeft hij kennisgemaakt met Estebans ouders en zijn ze met elkaar aan de praat geraakt. Ze kijken op ons neer, maar na alles wat ik meegemaakt heb ben ik er tamelijk zeker van dat ze weinig invloed hebben. Dat wij hier beneden ons eigen leven moeten leiden en dat we moeten leven met onze keuzes. Dat we ons eigen hart moeten kennen. Dat we niet moeten verlangen naar dingen buiten ons bereik. Dat we hier en nu het goede moeten doen.

Ik hoor Tierra en Antonio aan de overkant met hun hoeven door het hooi gaan. Ik zie hun lange hoofden heen en weer zweven achter de tralies van de paardenbox, hun oren zenuwachtig bewegend, in afwachting van Estebans thuiskomst. Ik blijf in de buurt. Ik ruik de zoete geur van sappig hooi en een vleugje sinaasappels die er nu niet meer liggen. Dan denk ik midden in de nacht mijn naam te horen.

'Kenzie.'

Ik hijs me op mijn ellebogen overeind en maak een draai om naar de grond te kunnen kijken. Er beweegt iets, maar ik kan niet zien wat. De schaduw verandert van vorm en groeit mijn kant op, als een boom waaruit een grote tak tevoorschijn komt. Op bepaalde plaatsen breed maar ook delicaat, slank maar niet lang. Het is de arm van een man die eens snoep gooide.

'Luis?'

'*Sí.*'

'*Es tarde.*'

'*Sí.*'

'*¿Está todo bien?*'

'*Esto es para Estela.*'

'Voor Estela?' herhaal ik.

'*Por favor,*' zegt hij.

De duisternis is niet langer massief, maar is op de ene plek minder donker dan op de andere. Ik kan Luis' gezicht niet helemaal zien, of misschien zie ik alleen maar een flauw profiel, de neus, het brede, donkere voorhoofd, maar ik zie wel de arm die hij naar mij uitsteekt, het platte pakje. Vanaf hier kan ik er niet bij. Ik klim halverwege naar beneden, hem tegemoet. Hij laat het – wat het dan ook is – in mijn hand glijden.

'Gracias,' zegt hij. 'Esto es para Estela,' herhaalt hij.

'*Sí.*'

'*Dígale qué lo he guardado desde entonces…*'

Ik begrijp niet wat hij wil, niet echt.

'Luis?'

'*Buenas noches.*'

De schaduw verplaatst zich en verdwijnt.

'Luis!' Ik roep hem na, maar hij komt niet terug. Tierra hinnikt als Luis vlak langs haar loopt, dan is hij weg. Ik houd een envelop in mijn hand. Een pakje voor Estela. En als ik voorbij Luis kijk, door de duisternis heen, naar de cortijo, kan ik zien dat er maar één licht brandt, achter één ruitje, dat verder grotendeels donker is. Het is de kamer van Angelita, realiseer ik me. Angelita die daar staat, een groot blauw lint om haar hoofd gestrikt.

33

In de ochtend vind ik Esteban op de rand van zijn bed – één laars uit, zijn hoed over de takkenboom gegooid. Bella gebruikt de rand van de hoed als zitstok. Hij zet een hoge borst op en loopt te pronken met zijn kleuren.

'Altijd feest,' zegt Esteban, terwijl hij in zijn ogen wrijft, 'als Miguel zijn stieren aflevert.'

Ik voel de nacht nog steeds in mijn haar, de geur van overrijpe sinaasappels op mijn huid, de last van Luis' pakketje in mijn zak, de herinnering aan Angelita bij het raam. Ik voel mijn hele lijf, terwijl ik voorover leun naar Esteban – en toch sta ik hier, afwachtend.

'Je kunt binnenkomen, als je wilt,' zegt Esteban. Hij tilt Limón uit de kooi en loopt door de kamer naar mij toe. Hij laat de vogel in mijn hand glijden. 'Bella wil alle aandacht,' zegt hij. 'Maar Limón is ook best aardig.'

Hij loopt terug naar zijn bed om de andere laars uit te schudden en even later ga ik bij hem zitten. Ik zit daar met Limón die bijna niets weegt, en Bella die zigzaggend vliegt en dan op Estebans schouder landt, alsof hij hem helemaal voor zichzelf kan hebben. Ik bestudeer de foto op Estebans dressoir. Daar heeft hij geen litteken onder zijn oog, nog niet.

'Hoe is dat gekomen?' vraag ik, terwijl ik de maanvormige wond aanraak en voorzichtig volg. Ik voel de huid van Esteban afwisselend glad en ruw.

'Heel lang geleden is dat gebeurd,' zegt hij.

'Maar hoe dan?' Hij stoort zich niet aan mijn vinger en ik laat hem daar. De gladheid en de ruwheid.

'Het was winter,' zegt Esteban. 'Een van Miguels mannen was ziek. Estela had dat gehoord en had hem soep gebracht; ze had mij meegenomen. Ik was toen nog jong, een kind. We waren bij een van de huizen verderop langs de weg – de gele huizen met de golfplaten daken. Ik begon me te vervelen en ging lopen. Ik vond een bot en raapte het op, maar wat bleek – het bot was van een hond. Het enige wat ik me herinner zijn z'n tanden.'

'Een *hond* heeft dit gedaan?'

'Estela kwam op het lawaai af en vond me. Ze sloeg het beest weg met een stok, beukte erop los totdat hij stopte, bevrijdde me en hield hem daarna op afstand door haar gegil. Ik herinner me hoe ze de hele weg terug naar huis rende: mij in haar armen, haar jurk helemaal gescheurd en vol bloed, haar krakende oude botten. Miguel hoorde haar roepen en ging de dokter halen. Die kwam, hechtte de wond, gaf me injecties. Maar daarna verloor Estela me geen moment meer uit het oog. Haar liefde is groots. Ze vergeeft het zichzelf nooit.'

'Maar het was niet haar schuld. Het was ook niet jouw schuld. Het was een hond.'

'Maar dat is Estela – o zo bang iemand te verliezen. Je had haar laatst moeten zien toen jij ervandoor was – grote, oude Estela in haar grote, oude schoenen. Ze bleef roepen, smeken. Miguel was in de wei met de stieren, hij reed met zijn jeep de andere kant op – en daar stond ze met haar armen te zwaaien, zonder zich druk te maken over wat de stieren dachten of zouden doen. Niemand kan Estela tegenhouden.'

Ik voel mijn gezicht rood worden, terwijl de tranen terugkomen. Limón spreidt haar vleugels en hupt op mijn pols.

'Het spijt me,' zeg ik, 'van de hond. En van Estela. Van dit alles, echt waar. Het spijt me.'

'Luister,' zegt hij, 'je hoeft geen spijt te hebben.' Hij slaat zijn arm om me heen, trekt me dicht naar zich toe. Dan leunt hij achterover op zijn bed en kijkt me strak aan. 'Wil je weten wat ik doe, als ik naar het bos ga?' vraagt hij.

'Op vogels wachten?'

'Ja, op vogels wachten. Maar ik lig daar ook plannen te maken voor de toekomst.'

Je kunt de toekomst niet plannen wil ik hem vertellen, maar ik doe het niet omdat hij nog steeds aan het praten is – hij vertelt me over zijn vader; zijn langste verhaal ooit, besef ik.

'Een van de beste stierenvechters van Spanje,' zegt hij.

'Ja.'

'En hij was rijk.'

'Ja.'

'En zijn geld – dat liet hij allemaal na aan mij. Miguel beheerde het toen ik jonger was, en vorig jaar, op mijn achttiende verjaardag, werd het geld van mij. Miguel nam me mee naar de bank, we ondertekenden de papieren. We gingen samen ergens lunchen, hij vroeg me wat ik nu ging doen en ik zei dat ik er nog over aan het nadenken was. Ik heb er ongeveer een jaar over nagedacht. Ik ging daarheen, naar het bos, ging daar liggen, keek naar de vogels. Probeerde te horen wat ze me misschien te vertellen hadden.'

'En wat hebben ze je verteld?'

'Dat ik zelf mocht kiezen.'

'En wat heb je gekozen?'

'Ik heb ervoor gekozen hier te blijven. Niet dit hier. Niet deze kamer, zoals nu. Maar ik wil een huis aan de rand van het bos.'

'Er staat geen huis aan de rand van het bos, Esteban.'

'Nee, nu nog niet, maar ik ga er eentje bouwen. Ik heb land van Miguel gekocht. Grond voor het huis. Land voor paarden.'

'Paarden?'

'Ik ga paarden fokken,' zegt hij. 'Ik ga ze trainen. Daar ligt mijn hart.'

'Tjonge, Esteban.'

'Wat?'

'Ik weet het niet – het is alleen… Nou ja, ik weet het niet. Ik wist dat allemaal niet van jou.'

'Tot nu toe is Miguel de enige die het weet. Ik wacht tot Luis weg is en dan ga ik het aan Estela vertellen. Ik vertel haar één ding tegelijk. Een groot hart als het hare kan ook grote deuken oplopen.'

Ik knik. 'Weet ik,' zeg ik.

'Hé?' zegt hij. 'Wat is er aan de hand?' Hij raakt met zijn hand de punt van mijn kin aan, zodat mijn ogen in de zijne kijken.

'Weet ik niet,' zeg ik, en Esteban probeert niets te forceren. Hij vraagt niets van me. Dringt niet aan. Leunt achterover, blijft vlakbij.

'Luis kwam vannacht bij me,' zeg ik.

'¿Sí?'

'Hij gaf me een pakje voor Estela.'

'Wat zit erin?'

'Weet ik niet. Ik bedoel – het is voor haar en het zit dichtgeplakt.' Ik haal het uit mijn zak, laat het aan Esteban zien, draai het om zodat hij kan zien dat het alleen maar een envelop is – oud en behoorlijk groezelig. Geen adres. Geen postzegels.

'Laat haar niet wachten,' zegt Esteban. 'Je moet het aan haar geven.'

'Goed.' Ik sta op om weg te gaan, maar ik kom niet in beweging. Limón hupt naar de andere hand. Ze weegt dan wel niks, maar aanwezig is ze wel. Net als een ziel, denk ik. Net als een baby.

'Gaat het?' vraagt Esteban aan mij.

'Niet echt.'

'Het komt wel weer.'

'Dat zegt iedereen, Esteban, maar hoe weet je dat? Hoe kun je dat nu weten? Het gaat helemaal niet en dat kan ook niet.'

'Omdat ik je heb gadegeslagen,' zegt hij. Hij stapt op me af en raakt mijn lippen aan. 'Kom straks terug,' zegt hij. 'Als je dat graag wilt.'

34

*I*k loop langs Arcadio die in Miguels bibliotheek een boek aan het lezen is. Ik passeer Joselita, die uit de badkamer komt. Ik tref Angelita in de stierenkamer aan het werk met een ouderwetse plumeau. Ik vind Estela in de keuken bij de kraan, in haar oude zwarte jurk en haar saaie paarse schort, vastgeknoopt met een slordige strik. '*Almejas en salsa verde,*' zegt ze, voordat ik maar een woord kan uitbrengen. 'Met peterselie eten wordt groen,' zegt ze. In een wijde pan met olie braadt ze knoflook en ui, gooit de peterselie erbij en daarna een eetlepel bloem. 'Maakt sterk,' zegt ze. En bijna glimlacht ze.

'Hoe gaat het met jou?' vraagt ze nu. 'Heb je geslapen?'

'Een beetje.' Ik zie er afgepeigerd uit, en ik weet het. Ze doet niet alsof ik het niet weet. Estela huichelt nergens over. Ze draait zich weer om naar het fornuis en blijft koken, geeft me tijd om tot mezelf te komen.

'Ik heb klaargemaakt schelpdieren met groene saus op het eerste verjaardagsfeestje van Luis op Los Nietos,' zegt ze dan. 'Het is een oud recept, gekregen van een vrouw uit *Jerez.*'

'Luister, Estela.'

'¿Sí?'

'Ik heb iets voor jou.'

Traag draait ze haar hoofd om zodat ze me kan zien, ze laat de peterselie zijn werk doen. 'Wat bedoel jij? Heb je gehuild omdat je hebt iets voor mij?'

'Van Luis. Iets wat hij je graag wil geven.' Ik haal de envelop uit de zak van mijn jurk en laat hem er dan weer in glijden. Ik zie hoe Estela probeert te begrijpen wat ik zojuist heb gezegd. Dan zie ik mezelf weerspiegeld in de onderkant van een pan die, net als alle andere pannen, aan haar plafond hangt. Mijn pony hangt tot op mijn oren. Mijn paardenstaart is langer. Mijn huid is donkerder, en ik heb geen mascara op. Ik ben niet meer wie ik was.

'Heeft Luis gegeven dit aan jou?' vraagt ze met stokkende stem.

'Ja, gisteravond. Hij zei dat het voor jou was.'

'Ik denk dat ik wil niet zien,' zegt ze.

'Je moet, Estela. Het is voor jou.'

'Oké,' zegt ze na lange tijd. 'Oké. We praten bij de bomen.'

'Bij de bomen?'

'Olijven.'

'Daar helemaal?'

'Kijk om je heen,' zegt ze. 'Wat zie je?'

'De zigeuners?'

'Precies,' zegt ze. 'En ik heb privé nodig.'

Ik laat mijn schoenen aan het hek van het olijvenbosje hangen en loop met blote voeten door stof dat onder mijn voeten als strandzand aanvoelt. De zoom van mijn zonnejurk verandert van roestbruin in grijsbruin. De jurk gaat steeds weer een eindje verder van me af staan door die harde, brede bobbel van jou.

Naast me gooit Estela zaadjes weg uit een zakje dat ze tevoorschijn heeft gehaald uit een van haar ruime schortzakken. De zwarte vogels met de olieachtige koppen hebben Estela ontdekt. De hitte is te zien in iedere rimpel van haar gelaat. De zorgen zijn van haar bruine gezicht af te lezen. Ze kijkt achterom om te zien of er iemand in de buurt is.

Uiteindelijk besluit ze dat we alleen zijn.

Dan vraagt ze me: 'Luis, wat heeft hij gegeven aan jou?' Ze gooit de laatste zaden in de schaduw onder de bomen en de hele zwerm vogels komt als een donderwolk naar beneden.

'De envelop zit dichtgeplakt,' zeg ik. Ik haal hem uit mijn zak en geef hem aan haar. 'Ik weet niet wat erin zit.'

'En hij heeft gezegd niets?'

'Hij zei dat ik hem aan jou moest geven.'

'In de nacht?'

'Hij zocht me op in het boomhuis.'

Ze draait de envelop om en om. 'Sí.' Ze behandelt hem alsof het een flamencojurk is, die nog steeds in geel vloeipapier is verpakt, te gevaarlijk om open te maken.

'Als je wilt, Estela, kan ik weggaan. Ik kan teruggaan, als je hem liever in je eentje openmaakt.'

'Nee.'

'Weet je het zeker?'

'Sí. Jij blijft hier. Kijk eens, ik heb druiven voor jou.'

'Druiven?'

'Zodat de baby krijgt niet honger.'

Ze kijkt me aan, met angst in haar ogen, verwarring, maar toch gloort er ook ergens een beetje hoop. Ze vindt een boom, hurkt neer op de grond en gaat met haar rug tegen de stam zitten. Vanuit de tweede zak in haar schort haalt ze een tros druiven tevoorschijn en ze begint de velletjes eraf te halen, een voor een. Elke keer dat er een druif klaar is, is hij voor mij.

'Moet jij niks?' vraag ik.

'Jij zorgt voor de baby,' zegt ze. Een wolk muggen stuift op. Ze jaagt ze weg met de achterkant van haar hand – de hand van een kokkin, denk ik, met die vlekken. Snel en vaardig.

'Gracias, Estela,' zeg ik.

Ze laat de envelop ongeopend naast zich liggen. Dan besef ik dat ze die pas zal openen als ze klaar is met het schillen van de druiven en met het kijken naar mij terwijl ik ze opeet. Ten slotte is het fruitboompje leeg en ze veegt haar vingers langs haar schort om ze te drogen. Ze ademt in en uit, ter voorbereiding. Ze legt Luis' envelop op haar knieën en schuift met een vinger langs de rand. Er valt een fotootje uit, een gekreukte zwart-witfoto. Aan drie kanten zitten van die zwarte driehoekjes die oude mensen in oude fotoalbums gebruiken.

'Santa Maria, madre de Dios,' zegt ze, en voordat ze verder nog een woord kan uitbrengen, wordt haar gezicht een tranendal – het water stroomt in de geulen en de steegjes. De overstroming in Triana, denk ik.

'Wat is er aan de hand, Estela?'

'Van alles en nog meer.'

Ze sluit haar ogen en leunt met haar hoofd tegen de boom. Ik hoor het geklepper van een ooievaar in de verte. Ik werp een vluchtige blik op de foto op Estela's schoot en zie twee mensen – jong, mooi, verliefd. Het meisje is misschien net zo oud als ik nu – dik, kort haar rond haar gezicht, haar tanden op de juiste plek, wit en stevig. Het dikke haar van de jongen heeft de kleur van houtskool, zijn wangen zijn hoekig en breed; de rest van hem is slank. Een jasje, meer wit dan zwart op de foto, hangt over één schouder, terwijl de andere arm rond de taille van het meisje geslagen is. Zij draagt een gestreepte jurk, de mouwen zitten strak om de elleboog. Bij de halsopening is haar jurk dichtgeknoopt met een lint in de mij bekende slordige strik.

Zij vertelt langzaam haar verhaal, en wij tweeën zijn hier alleen, in de schaduw van de olijfbomen – wij en de insecten en de zilverkleurige bladen, zonder de zwarte vogels met de bruine koppen; zij hebben alle zaden opgegeten en zijn weggevlogen.

Estela noemt het jaar: 1939. Ze noemt de stad: Triana. Ze vertelt me over een kroeg in een kelder – niet zoals de bar in Madrid, zegt ze, geen vaten met wijn en pijlinktvis op ijs, maar een kroeg bomvol met mensen die zich verbergen voor het slechte nieuws. Oude posters van stierengevechten aan de muur, zegt ze. De rook van slechte sigaren. Korte vrouwen met brede nekken die wild met hun handen gesticuleren en mannen die met hun vettige vingers een stel kaarten schudden. Een klein podium, helemaal vooraan, met een kruk en twee lange tafels waar je om middernacht niet tussendoor kon lopen, als iedereen er drie rijen dik omheen zat. Die kroeg was het toen helemaal, het was het enige wat ze nog hadden. Meer konden Estela's ouders er niet van maken in de stad waar ze terecht waren gekomen na hun ontsnapping uit Madrid. Het leven in Madrid was onmogelijk geworden; daar had Franco wel voor gezorgd. Estela en haar ouders hadden het er levend afgebracht, en ze waren naar Triana gekomen in de hoop daar het vege lijf te redden.

'Mijn ouders hebben verstand alleen maar van kroegen,' zegt Estela. 'En van eten.'

Dan vertelt ze dat de nachten in Triana blauw waren. Dat de melk aangelengd werd tot lichtblauw. Dat de mossels naar blauw neigden en futloos waren. Hoe er soms alleen maar brood was – slecht brood en goedkope *rojo*, uit vaten getapt. Er waren al zo veel doden, en wie niet dood was, keek de dood in de ogen en was vel over been. Het was oktober 1939, en de oorlog was al sinds april voorbij, maar Spanje was niet het Spanje dat ze gekend hadden want het behoorde nu aan Franco toe. Het was de kerk tegen de mensen, de anarchisten tegen de nonnen, de burgerwacht tegen de burgers, de extremisten die hun politieke wil opdrongen aan boeren en arbeiders. Dode mensen hingen in de bomen. Dokters mochten geen praktijk houden. Onderwijzers verkochten houtskool op straat. Advocaten sliepen op kerkhoven. Priesters zaten zonder kerken. Spanje bestond uit de Moren van Maria Luisa Park, die zeiden dat ze waren vastgebonden aan de vleugels van de Duitse vliegtuigen.

'Vastgebonden aan de vleugels?'

'Ja, stel je voor.' Estela vervolgt: 'Niet genoeg kroegen. Niemand kon doen iets, niemand kon ergens heen. Alle hoop was weg.' Estela, de kokkin, was achttien. 's Avonds kwamen de mensen kijken wat er te halen viel: wijn, slechte tapas en flamenco. 'De haat tegen Franco maakte ons één volk,' zegt Estela.

Ik knik. Als ik naar haar gezicht kijk, zie ik dat haar tranen verdampt zijn door de hitte.

'De zigeuners zongen daar,' zegt Estela.

'Joselita?' vraag ik. 'Rafael? Bruno? Arcadio?'

'En Angelita,' zegt Estela. 'Ook toen al moddervet. Trots als een varken in de modder.'

'Jij bent zelf nu ook niet bepaald mager, Estela.'

'Vroeger wel,' bitst ze.

Al met al was er niet veel om op tafel te zetten of om mee te betalen. Er was niet veel, maar Estela en haar ouders wisten de kroeg open te houden, want wat was het alternatief? Wat konden ze anders?

'Zeg jij maar,' zegt Estela. 'Wat konden wij doen?'

De kroeg zat half onder de grond, vertelt ze, met één waardeloze deur naar buiten en één ladder naar een ruimte erboven. Daar woonden Estela en haar ouders, in de kamer boven de bar. 's Avonds klom Estela dan via een ladder naar haar bed, terwijl haar ouders beneden wachtten totdat de laatste zielige zuiplap naar huis ging. En als haar ouders naar boven kwamen, haalden ze de ladder op, zodat ze in die kamer daarboven veilig waren.

Maar niet dus. Op een nacht werd Estela wakker van het geluid van een harde trap tegen de enige deur van de kroeg. Ze hoorde flessen ontploffen. Ze hoorde een geweerschot, en tegen de tijd dat ze de ladder had bereikt die toegang gaf tot het gat, hun kroeg, was het afgelopen. Het licht van de dageraad stroomde door het gat in de deur naar binnen, en daar lag Estela's vader in een plas bloed. Haar moeder, zegt Estela, was weg – gearresteerd voor haar misdaden tijdens de oorlog tegen Franco, voor het feit dat zij en haar echtgenoot 's nachts ruimte hadden gegeven aan de mannen en vrouwen die nooit op de hand van Franco waren geweest en dat ook nooit zouden worden. Ze bleven rood en republikein – je kon hun hart niet veranderen.

'Zij meenemen mijn moeder,' zegt Estela. 'Zij doodmaken mijn vader. Zij weten niet dat in de schaduw boven misschien iemand kijkt naar beneden. Zij maakten mij wees. Ik had niemand. Ik had niemand behalve Luis.'

'Luis?' vraag ik.

'Sí. Luis. Hij kwam naar de bar, elke avond. De zigeuners zeiden dat hij kwam voor hen, maar in werkelijkheid hij kwam voor mij. Luis en ik kenden elk dak in Triana. We wisten waar we alleen konden zijn.'

'Dus jullie waren lovers.'

'Wij waren lovers.' Ze knikt met haar hoofd omlaag, alsof het haar zwaar valt het hoofd hoog te houden. 'Ik was zwanger van zijn baby, toen hij wegging, op zoek naar Miguel.'

174

'Waarom ging hij op zoek naar Miguel?'

'Omdat Juan, de broer van Luis, was gestorven. Terechtgesteld in Granada. Luis had beloofd: ik zorg voor jouw zoon. Hij zoekt jarenlang en eindelijk hij vindt Miguel. Toen Luis wegging, hij zegt: ik zoek de zoon van mijn broer; ik terugkom bij jou als ik heb gevonden hem.'

'Je was zwanger van hem.'

'Klopt.'

'Maar hij kwam niet terug?'

'Zesentwintig jaar lang hij zoekt zijn neefje. Zesentwintig,' zegt Estela. '*Veintiséis.*' Ze telt het uit op haar vingers. Ze strijkt de rimpels glad in haar katoenen rok en trekt aan het losse haar op haar hoofd. Dan strijkt ze met een brede vinger haar dikke, borstelige wenkbrauwen glad. Het is heet hier. Een vogel roept. Vanaf de plaats waar wij zitten, in de schaduw van het olijvenbosje, kunnen we de binnenplaats niet zien, noch de zigeuners, noch alle deuren van Miguel.

'Maar jij was zwanger van Luis,' zeg ik na een poosje. 'Een zwangerschap duurt negen maanden. Zesentwintig jaar is zesentwintig jaar.'

'Ik heb het nooit verteld aan hem, Kenzie. Geen tijd.' Ze schudt het hoofd, wil niet naar me kijken.

'Maar je hebt een kind, Estela. Bij Luis.'

'Poeh. Mijn baby is nu zesenvijftig. Vrouw. Echtgenote misschien. Oma.'

'Weet je niet wat er van haar geworden is?' vraag ik.

'Nooit geweten. Achtergelaten in een mandje bij het ziekenhuis, sí? Bij de deur. De oorlog was voorbij, waarom zou ik in Triana blijven? Ik had er niets meer. Ik ging naar Madrid en werkte in de gaarkeukens.'

'Estela, het spijt me.'

Ze slaat naar de lucht. 'Soep opscheppen is makkelijk,' zegt ze. 'Soep opscheppen betekent: niet langer op de straat zijn. Vriendinnen van mijn moeder, meisjes van mijn school – zij stinken naar de stank van hoeren. Daar, in de Calle de Doña Bárbara de Braganza, ik heb gezien meisjes, honderden vrouwen met zwarte omslagdoeken; zij zitten op brokstukken van het kapotte wegdek. Als zeehondjes – ken je zeehondjes? – op een rots. Ze zeiden: één miljoen doden. Alle anderen, bijna iedereen, zien geel van ellende.'

Estela gaat maar door. Ze vertelt dat ze in de gaarkeuken hielp. Ze at brood, deed olijven op het brood als ze zich die kon veroorloven en deed er voor de smaak geitenkaas overheen. Een enkele keer had ze ansjovis. In de chique winkeletalages hadden Franco's mensen hun luxe taarten geplaatst, hun varkens, hun glazen met *Manzanilla*. Maar iedere dag stond ze op en deed haar werk in de keuken. Soep was haar specialiteit: wat groente, een beetje rundvlees en rijst erbij voor een dikke soep. Omdat het goed was doodmoe te zijn, omdat het goed was ergens goed in te zijn. 's Avonds ging ze naar haar huis, naar haar ene kamer. Ze hield zich warm met een vuur van dennenappels. Ze verkocht haar weinige bezittingen aan sjacheraars. Eten deed ze op de rand van haar bed.

'Ik had twee zwarte jurken, geen kousen, één paar schoenen – en iedere dag ik zocht naar Luis. Jaar na jaar na jaar. Ik was al oud toen Luis mij vond.'

'Waar?'

'In het cafetaria van een warenhuis, in Madrid. Tijdens de pauze van mijn werk bij een bankiersfamilie.'

'Een cafetaria.'

'Miguel had een kok nodig. Luis voorstelt ons aan elkaar.'

'Dus?'

'Ik was oud, en Angelita was toen zijn lover.'

Ik schud mijn hoofd, probeer het allemaal in me op te nemen – al deze stukjes van een leven die gezamenlijk een verhaal vormen. Toeval of pech of geen geluk. Ze doolde rond als Don Quichot. Hoe dan ook, Estela's leven was een aaneenschakeling van verliezen. Kleine beschadigingen en hartzeer.

'Hij houdt niet meer van haar,' zeg ik.

'Poeh.'

'Waarom zou hij anders die foto bewaard hebben? Dan zou hij die niet aan mij gegeven hebben om aan jou te geven.'

'De tijd gaat door,' zegt ze. 'Mensen worden oud.'

'Maar je hebt het hem nooit verteld.'

'Hoe zou ik het kunnen vertellen aan hem?'

'Maar…'

'Niets. Lange tijd hij had Angelita. Na Angelita herinnering aan Angelita. Nu, soms, hij heeft Angelita opnieuw. Soms zij uitgaan samen en zij doen alsof verliefd.'

'Jij zit ook nog steeds in zijn hoofd.'

'Ik was jaren geleden.'

'Hij heeft je foto bewaard.'

'Ik heb afgestaan zijn baby. Ik heb achtergelaten haar op de stoep.'

'Maar hij zou het begrijpen.'

'Nee, hij begrijpt het niet. Hij is niet zo gek als Don Quichot. Een kind kwijtraken is niet te begrijpen – nooit.' Ze schudt krachtig met haar hoofd, van de ene naar de andere kant, alsof dit een discussie is die ze met zichzelf voert, die ze bijna levenslang met zichzelf heeft gevoerd.

'Maar het is niet eerlijk,' zeg ik. 'Niet eerlijk tegenover Luis, niet eerlijk tegenover jezelf,' – en zodra ik het zeg, weet ik wat ik gedaan heb. Ik weet het vanwege de manier waarop Estela nu naar mij kijkt – haar grote ogen zijn weer hier, in het heden. Oordeel niet, zei mijn vader. Beoordeel. Beoordeel met name jezelf, omdat geen besluit nemen ook een besluit is.

Ik voel mijn ogen nat worden. De olijfbomen verderop worden vlekkerig.

'Ik toon iets aan jou,' zegt ze, en ze steekt haar handen recht vooruit zodat ik haar kan helpen opstaan, wat betekent dat ik mezelf wiebelend omhoog moet hijsen, dus kom ik wiebelend omhoog. Ik lijk van de ene op de andere dag tien keer dikker. Alsof je jouw plaats in mij inneemt en niet van plan bent te wijken.

Misschien loopt het tegen het middaguur. De zon boven ons voelt als een brandende fakkel die naar beneden valt. We lopen zo dicht mogelijk bij de schaduwrand, luisterend naar het getsjirp van krekels, de kreten van de cortijo-vogels en het geklepper van de ooievaar. In een straal zonlicht zie ik een zwerm muggen – als de trechter van een tornado, vind ik. Estela zegt niets, loopt er gewoon met een boog omheen en komt dan weer dicht bij de schaduwlijn. Ze slaat het stof van haar rok. Ik stop mijn losse haar achter mijn oren. We lopen langzaam, totdat Estela linksaf gaat bij een kromgegroeide boom, verder de schaduw in. Ze zegt dat ik haar moet volgen.

'Het ruikt hier anders, nietwaar?' zegt ze.

Ik haal mijn schouders op. 'Beetje. Denk ik.'

Na een poosje houdt het bomenbos op; naar het oosten is er alleen maar aarde en gras. 'Hier is het,' zegt Estela, terwijl ze zich op haar knieën laat zakken – en dat is alles wat ze zegt. Ik sta toe te kijken hoe ze, eerst met één dikke hand en dan met twee handen, het stof van de ene kant naar de andere opzijschuift, als een archeoloog die naar botten graaft.

'We moeten diep,' zegt ze.

Ik moet naast haar gaan zitten, wat ik ietwat onhandig en niet bepaald bereidwillig doe. Ik moet van haar ook het stof met mijn handen wegvegen, en terug in de tijd gaan. Dit stof is zacht als een babyhoofdje. Het stuift omhoog voordat het neerslaat. Ik krijg niet de indruk dat we ook maar enige vooruitgang boeken, en dan wordt de aarde hard en is het geen aarde meer, maar de rand van een dikke steen.

'Wat is dit?' vraag ik.

'Een oude slijpsteen.'

'Ik snap het niet, Estela.'

'Doorgaan.'

Aan alle kanten dwarrelt het stof in hoopjes naar beneden. Het harde voorwerp eronder komt in zicht: een grote dikke steen in de kleuren brons, roodbruin en zwart.

'Voor de olijven,' zegt Estela. 'Vroeger.'

Ik haal de schouders op, schud het hoofd, voel me vreemd, een beetje duizelig.

'Vroeger er was een muildier,' legt Estela uit. Ze kijkt geïrriteerd omdat ik geen flauw idee heb van wat ze bedoelt. 'En nog een steen. Hier wij persen sap uit olijven. Wij maken olie zelf. Nu wij wegsturen olijven en zij terugkomen in flessen. Iets mist.'

Ik knik, maar volgen doe ik het nog steeds niet. Ik begrijp niet wat ze mij wil laten zien behalve het stof en de steen. Ik kan helemaal niet goed zien, alles is wazig.

'Zo oude tijden worden begraven,' zegt ze.

'Ja,' zeg ik.

'Maar jij bent nog jong.'

'Ik ben achttien.'

'Kenzie, eens ik was ook jong. Jong zoals jij.'

Ze propt een stoffige hand in de zak van haar schort. Ze

haalt de foto eruit, zet die op de steen. 'Luis en ik, we waren verliefd,' zegt ze. 'Ik heb zijn kind afgestaan.'

'Je deed wat je moest doen, Estela,' zeg ik, terwijl ik – een heel klein beetje – tegen haar aanleun. Ik leun en moet even zitten.

'Ik was een lafaard.'

'Het was oorlog.'

'Doet er niet toe.'

'Welles, het doet er wel toe. Estela…'

Ze haalt de foto van de steen weg, drukt die tegen haar hart. Ze laat haar tranen de vrije loop, veegt ze vervolgens weg met haar vrije hand. 'Misschien ik moet niet langer nijdig zijn op Angelita,' zegt ze. 'Misschien niet haar schuld, maar mijn schuld.'

'Estela,' zeg ik. 'Estela?'

'¿Sí?'

'Ik denk dat ik bloed.' Want plotseling voel ik van onderen iets warms en vochtigs en er liggen roestbruine druppeltjes bij mijn voeten.

35

Ze houdt me stevig tegen zich aan en maakt haast. 'Nee, Estela,' zeg ik, maar ze is sterk genoeg, vastberaden, en wil niet luisteren. De cortijo is ver weg, in een ander land, in een ander werelddeel. Estela roept om Miguel en Esteban. Ze roept om hulp – 'ayúdenos!' – en zegt tegen mij: 'Het spijt me,' en ik zeg dat het haar schuld niet is en zij zegt dat het haar schuld wel is, dat zij zo egoïstisch is. 'Ik weet zeker dat er niets aan de hand is,' zeg ik, maar ik weet niet of er niets aan de hand is. Uiteindelijk hoor ik Miguels jeep in de verte. Ik voel de wagen de weg opstuiven om ons te komen halen. Maar Estela draagt ons nog steeds – haar grote armen, haar oude handen zijn om ons tweeën heen – en ze wil maar niet stoppen. Ze zegt: 'Volhouden, volhouden, o, Kenzie,' met een schorre, harde stem waarin een mensenleven van spijt doorklinkt.

Het vochtige en het warme heeft roestkleurige vlekken in mijn jurk gemaakt. Vanbinnen voel ik me licht en duizelig. Ik leg mijn hand op jou en sluit mijn ogen en hoor het dreunen van Estela's voeten, het geronk van Miguels jeep. Nu komt de jeep tot stilstand en dan zijn ze er alle drie: Estela, Esteban en Miguel. Ze leggen me achter in de jeep, met Estela's schoot als hoofdkussen. Ik sluit mijn ogen onder de hemel die zo breed en blauw is, en ik voel hoe Estebans hand zich naar de mijne uitstrekt. Nu gaat de jeep op en neer over de kuilen en gaten in de weg en als Miguel de auto eindelijk voor het huis neerzet, helpen Esteban en

Estela me naar mijn kamer en gaat Miguel ervandoor om Adairs dokter te bellen.

'Mijn schuld,' blijft Estela maar zeggen, in het Engels en in het Spaans. 'Allemaal mijn schuld.' En ze huilt nog erger dan ik en als ze mij op bed hebben gelegd doe ik mijn ogen dicht. En van alles wat daarna gebeurt, herinner ik me niets. Of liever: ik herinner het me wel, maar ik kan het niet zeggen. Ik kan niet zeggen hoe het was, hoe het voelde: de handen van de dokter in mijn lichaam en mijn onzekerheid over hoe het met jou ging.

36

Als ik wakker word, zijn alleen ik en Estela in het duister van mijn kamer. Op het dak hoor ik de regen kletteren.

'De regen is gekomen vannacht,' zegt ze tegen me.

Ze herinnert mij aan de woorden die de dokter zei toen hij wegging – dat rust me waarschijnlijk goed zal doen, dat met de baby alles in orde is, dat hij het bloed in het lab zal laten controleren.

'Spanning,' zei de dokter, in het Engels en in het Spaans. 'Geen baby vindt het leuk als de moeder gestrest is. De baby moet rust hebben.'

De hele tijd hield Estela mijn hand vast. Ze deed lakens over me heen. Ze deed de gordijnen dicht. Ze gaf me soep te eten. Toen ik in slaap viel, bleef zij de hele nacht bij me zitten, naast mijn bed. Het is gaan regenen, ik vraag me af waar de regen vandaan is gekomen.

'Estela,' zeg ik, met een droge mond en nog steeds duizelig en licht in mijn hoofd, 'ga nu zelf ook wat rusten.'

'Ik ga nergens heen,' zegt ze.

'Maar je bent vast moe,' zeg ik, want er zitten nog steeds vlekken in haar jurk, er zit stof op haar armen, en haar schoenen zijn afgetrapt, maar het is vooral haar gezicht – het heeft niet de juiste kleur, ze ziet er bleek en oud uit.

Ik hoor iemand op mijn slaapkamerdeur kloppen. Voordat Estela of ik iets kunnen zeggen, duwt Angelita de deur open, het haar plat op haar hoofd; haar natte oranje jurk vastgeplakt aan haar lichaam.

'De regen trekt zich van niemand iets aan,' zegt ze. Dan vraagt ze aan Estela hoe het met mij gaat, en dan vraagt ze mij precies hetzelfde, alsof Estela's versie misschien onjuist of onvolledig is.

'Kenzie heeft rust nodig,' zegt Estela, terwijl ze Angelita aankijkt met een venijnige blik.

'Ze heeft dit ook nodig,' zegt Angelita. Nu reikt ze in het zakje dat ze rond haar nek draagt en haalt er een lieveheersbeestje uit – fleurig en met stippen, levend. Ze schommelt naar me toe en opent voorzichtig mijn hand. 'Het brengt geluk,' zegt ze, en ik voel het trage gekietel van het insect in mijn hand; ik zie hoe zijn robijn-met-zwarte dekschilden zich openen en sluiten, terwijl de achtervleugeltjes onder het dekschild open- en dichtklappen. Angelita klemt haar kaken op elkaar, sluit haar ogen en zegt dat ze de kracht van de zon verzamelt.

'Het regent,' zegt Estela op ongeduldige toon tegen haar.

'De zon is er nog steeds, daarboven, in de lucht,' zegt Angelita. Ze raakt mijn gezicht aan met haar lange, oude vinger en volgt een patroon dat ik niet kan zien. 'Ik haal het slechte weg,' zegt ze. 'Leg een zegen over je baby.'

'Je bent onmogelijk,' zegt Estela, maar Angelita stopt slechts eventjes en schudt dan haar vingerkootjes los, alsof ze het slechte, de risico's, kan afschudden. 'Met het meisje komt het helemaal goed,' besluit ze.

'Zei ik ook,' zegt Estela.

'Met het meisje en ook met de baby.'

'Klaar?' vraagt Estela.

'Ja.'

'Laat het meisje slapen,' zegt Estela. Ze kijkt met haar donkere ogen dwingend naar de deur om Angelita weg te krijgen. Maar nu staat Arcadio in de deuropening, zijn ranke gitaar in zijn handen. Naast hem staat Bruno, en verderop Rafael. Het licht in de kamer is nat en grijs. Ik had hen niet horen komen en ik vraag me af: Waar is Esteban? Waar is Miguel? Waar is Luis?

'Wij brengen muziek mee,' zegt Arcadio.

'Zij heeft rust nodig,' zegt Estela weer, en nog eens.

'Muziek voor goede dromen,' zegt Bruno. Nu slaat Arcadio een snaar aan en Bruno antwoordt met een eigen klank – zachte klanken, iets teders. Het lieveheersbeestje kruipt langs mijn arm omhoog. Estela zit te luisteren. Ik doe mijn ogen dicht en ik droom het verleden. Ze blijven de hele morgen hun rustige liederen tokkelen. Ik slaap. Ik droom. Ik herinner me. Ik denk aan mijn moeder thuis. Hoe dingen eindigen. Hoe ze beginnen.

37

Nadat mijn moeder met Carlina's Catering begonnen was, heeft ze geen moment meer naar de foto's van mijn vader omgekeken. Alsof ze bang was dat die haar uit het heden zouden terugsleuren naar het verleden – haar opsluiten met wie ze geweest was toen het al veel te laat was om hardop tegen haar man te zeggen: ik hou van jou, of hem om vergeving te vragen. Ze stopte alles in dozen: zijn foto's, zijn camera's, zijn lenzen, zijn albums. Ze borg de dozen op in het souterrain, sloot de deur en liet het zo. Ze verplaatste spullen. Ze liet spullen verdwijnen. 'We moeten de dingen achter ons laten,' zei ze.

Toen ze het zei was het laat. We zaten aan ons avondeten – kliekjes van een of ander verlovingsfeest. Ze noemde het 'eten uit de hand', waardoor we geen vorken, messen en borden nodig hadden en niemand hoefde af te ruimen – prima, aangezien het ons beiden toch niets meer kon schelen, aangezien ik de borden liet staan en zij de borden liet staan, en de borden zich in de gootsteen opstapelden, alsof er een soort spel gaande was. Dan kwam ze thuis met een compleet kapotte kartonnen doos – besmeurd en ingedeukt – en deed het deksel open en dan zat er *bruschetta* in of meloen met prikkers of pestotonijn op ministokbroodjes. Geen kreeft. Geen krabcakejes. Geen citroenvierkantjes. Wat de mensen op de feestjes lekker vonden, was al op. Mijn moeder bracht alleen de kliekjes mee naar huis – kliekjes die anders in de afvalbak waren terechtgekomen. En zo werd zij dikker en ik magerder. Zij at met de rits van haar rok half-open en haar schoenen uitgeschopt, het haar naar achteren getrokken met een scheve haarspeld. Ze werkte voor de mensen die zij zelf had willen zijn. Ze dacht dat ze zich nog steeds al fuivend kon opwerken naar haar hogere kringen. De weduwe van de directeur, zo noemde ze zichzelf. Ze schreef zich in op datingsites. Ze was er klaar voor. Klaar voor een plaatsvervanger voor paps, iemand die haar zou behandelen als de vrouw die ze altijd dacht te zullen worden.

Ze had het huis anders ingericht omdat ze afleiding wilde hebben. Ze had paps' kleren naar een liefdadigheidsinstelling gebracht, behalve één net wit overhemd. Ze had de foto boven de schoorsteenmantel vervangen door een eucalyptuskrans. Haar cateringrecepten borg ze op in pa's sokkenla. Ze sliep in het midden van hun bed, alsof ze altijd alleen had geslapen, alsof ze een smachtende maagd was. En die dag – de dag dat wij 's avonds miniquiches aten – had ze pa's lievelingsstoel naar de logeerkamer verkast. Ze was vroeg opgestaan, had het meubel verplaatst, was toen naar haar werk gegaan, terwijl ze de plek waar de stoel gestaan had leeg liet – met de vier afgevlakte kraters in het groene hoogpolige tapijt. Koude quiche is nu niet bepaald iets om je mee vol te stoppen. Maar mijn moeder at de quiches snel achter elkaar, de een na de ander, en ik zat daar maar te kijken, ergerde me en vroeg me af of ze nog over de stoel zou beginnen. Maar ze heeft het er nooit over gehad. Ze ging gewoon door met quiche eten, alsof er geen reusachtig gat in de woonkamer was.

'Je gedraagt je alsof paps hier nooit geweest is,' zei ik, nadat ze minstens tien minuten niets anders gedaan had dan alleen maar haar mond opendoen en kauwen. Ik was de hele dag alleen geweest. Bijna al mijn vrienden, behalve Kevin, waren weg, en Kevin had al vanaf zonsopgang op de golfbaan gewerkt.

'Kenzie,' zei mijn moeder, 'let op je woorden.' Ze keek me met een kille blik aan en depte vervolgens haar lippen met een cateringservetje. Op alle servetjes van mijn moeder stond het logootje van Carlina's Catering. Volgens mij had ze er duizenden besteld.

'Ik bedoel de stoel, mam? De stoel! Wat was er mis mee? Waarom kon je paps' lievelingsstoel niet beneden laten?'

'Ik heb hem niet bij het grofvuil gezet, Kenzie. Alleen maar een ander plekje gegeven.'

'Ja, eh… in Siberië, mam. Als hij hier terug zou komen en om zich heen zou kijken, zou hij denken dat hij zich in het adres had vergist.'

Haar ogen werden klein. Ze trok haar lippen samen in een kleine o, haar ingevallen mond leek dan op een kierend gordijn. 'Hij komt niet terug, Kenzie,' zei ze.

'Maar hij doet er nog wel toe.'

'Hij doet ertoe. Natuurlijk doet hij ertoe. Maar we moeten de dingen achter ons laten. We hebben geen keus.'

Ze deed het deksel van de quichedoos dicht. Ze begon langs de huid in haar nek te strijken. Ik had het daarbij kunnen laten, maar ik was razend vanwege de stoel. Ik was razend over het feit dat zij in haar eentje beslissingen nam over paps, terwijl paps van ons beiden geweest was.

'Dus paps is een *ding*?'

'Dat bedoel ik niet, Kenzie, dat weet je drommels goed.' Haar stem was vlak zoals haar stem altijd vlak werd, net voordat ze volkomen stilviel. Mijn moeder was een meester in doodzwijgen. Ik stond op het punt doodgezwegen te worden.

'Ik laat hem niet in de steek, mam.'

'Ik laat hem ook niet in de steek.'

'Je zit anders wel op een datingsite.'

'Wat moet ik dan?'

'Wat dacht je van hem niet vergeten, mam? Wat dacht je van hem wat tijd geven om deel van ons leven te zijn?'

'Je vader heeft een hartaanval gehad, voor het geval je dat was ontgaan, Kenzie. Er is hier maar één ouder en ik doe mijn best.'

'Je doet niks, mam.'

'Je hebt een dak boven je hoofd, Kenzie. Wees dankbaar.'

Ze stond op en pakte de uitgezakte quichedoos. Ze gaf een ruk aan haar rok die opgekropen was tot aan haar heupen. 'Doe het licht uit als je klaar bent,' zei ze.

Ik bleef daar nog lang zitten. Toen belde ik Kevin op. Ik belde hem op omdat ik echt geloofde dat hij de verdwijning van mijn vader zou kunnen voorkomen. Dat er een eind zou komen aan het verdwijnen.

Je moet weten wat nooit vergeten mag worden.

Ik was buiten toen hij de oprit op kwam denderen. Ik stapte in de auto, trok de deur met een klap dicht, knalde met mijn hoofd tegen de hoofdsteun.

'Gaat-ie?' vroeg hij.

'Ik ben een etterbak,' zei ik.

Hij reed en we zeiden geen woord. Ik sloot mijn ogen. Hij prutste met de radio. Ik vroeg niet hoe zijn dag geweest was. Hij liet me alleen zijn, naast hem. Misschien was dat wel Kevins beste eigenschap – hij wist wanneer hij me met rust moest laten. Hij wachtte gewoon tot ik weer uit de tunnel van mijn stemmingswisselingen tevoorschijn kwam. Eerder op de avond was het mistig geweest, maar de mist was opgetrokken en de lucht buiten de auto was koeler dan binnen, dus draaide Kevin de raampjes naar beneden. De koele nachtwind blies mijn losse haren alle kanten op. Ten slotte voelde ik dat de auto vaart minderde en stopte. Ik hoorde Kevin uitstappen, om de auto heen lopen, mijn portier opendoen. We stonden onder aan een heuvel. De top van de heuvel werd verlicht door de maan. Onder het maanlicht lag mijn vader.

Ik keek van de heuvel naar mijn vriendje en terug.

'Kev?' zei ik, omdat ik het niet kon geloven. Ik had hem over de telefoon niet verteld over mijn moeder of over de stoel. Ik had hem niet verteld over die datingsite. Ik had alleen maar gezegd: 'Kun je komen? Kunnen we uitgaan?' en hij was gekomen – Kevin, de jongen die altijd vooruitkeek, maar ook de jongen die altijd wist hoe hij moest stoppen en hoe hij mij recht in de ogen moest kijken om te zien wat mij kon redden of genezen. Ik verwachtte van hem niet anders. Ik geloofde in hem.

'Het leek me gewoon…' zei hij.

'Ja,' zei ik, 'het leek perfect.' Ik boog voorover en kuste hem. Raakte met mijn handen zijn hoofd aan, zijn donkere, fijne krullen.

'Kom op,' zei hij. Hij pakte mijn hand, nam mij mee, de heuvel op, totdat de heuvel vlak werd en overging in de begraafplaats. We liepen tussen de scheve rijen grafstenen door langs al die dingen die mensen voor hun geliefden achterlaten: een pot vol citroenen, een boekje, twee wijnglazen met brede randen, dahlia's uit de tuin. Het terrein was oneffen en vol kuilen, daarboven bij de doden. Een plastic konijntje lag behaaglijk boven op een steen. Er lag een zachte, pas gedolven zandhoop. Vóór een van de grafstenen lagen een bord, een mes en een vork, alsof er een picknick gehouden werd.

De grafsteen van paps was nieuw, pas twee maanden geleden geplaatst. Toen de steenhouwers klaar waren met hun werk, stond erop: *Corey Spitzer, 1 april 1945 - 30 augustus 1995. Echtgenoot, vader.* De steen stond aan de bosrand, bij de grote berken waar je de schors van af kunt pellen. Kevin hield mijn hand in de zijne en hij nam me mee daar naartoe, terwijl hij zich langzaam zigzaggend een weg baande, het maanlicht volgde, steeds een klein eindje voor me uit, zodat hij als eerste de schaduwen kon verkennen.

Ik liet toe dat hij voor me uit liep. Ik liet hem voor ons beiden denken, zodat ik alleen maar hoefde te voelen – om mijn paps dichterbij te laten komen, het goede van hem, de delen die mijn moeder niet kon wegstoppen. 'Mijnheer Spitzer,' zei Kevin, toen we uiteindelijk bij het graf stonden, 'uw dochter is hier.'

'Kev…'

'Ik ben zo terug,' zei hij. 'Wacht.'

'Wacht even,' zei ik.

'Wat?' Hij had weer die uitdrukking op zijn gezicht – die gedrongen glimlach.

'Ik hou zo veel van je, Kevin Sullivan.'

'Ja, nou ja, ik ook best wel van jou.'

Ik ook van jou, dat zei hij. Ik ook van jou. Best wel. Wat betekende het? Wat wist ik niet? Waarom heb ik het niet gevraagd?

'Waar ga je naartoe?'

'Ik denk dat jullie wat tijd nodig hebben, jullie saampjes.'

Overal in het duister hoorde je geritsel, de maan piepte door de bomen, en na een poosje praatte ik met mijn vader. Ik vertelde hem dat ik aan Newhouse dacht, dat ik te veel ruziemaakte met mam en dat we 's avonds alleen maar koude dingen aten uit kapotte dozen die twintig uur eerder waren gemaakt in mams luxe keuken. 'Mam mist je,' zei ik, omdat ik daar ondanks alles zeker van was; ik loog mezelf voor als ik deed alsof dat niet zo was. Ze miste hem en zij probeerde de blik op de toekomst te richten, ze probeerde zich taai te houden. Het lukte haar alleen voor geen meter. 'Maar, paps,' zei ik toen, 'ik mis jou meer,' omdat ik ook daarover niet wilde liegen. 'Het is knap rot dat je dood bent,' zei ik, en toen raakte ik zijn grafsteen aan en ik volgde met een vinger zijn naam. Ik ging met mijn vingers over het woord 'vader'. Daarna zat ik naar de eekhoorns in de bomen te luisteren, totdat ik het geluid van Kevins voetstappen boven op de heuvel hoorde, over de begraafplaats en toen naast me. Totdat ik zijn schaduw zag komen, zich zag verspreiden.

'Herinner je je deze foto nog?' zei hij, maar ik kon nauwelijks zien waar hij het in het maanlicht over had. Ik begreep het pas toen ik de foto die Kevin in zijn hand hield, echt kon zien. 'Wij vijven,' zei hij. 'De foto die je vader vorig jaar zomer gemaakt heeft. Ik dacht dat hij misschien wel wat gezelschap kon gebruiken.'

'Ja,' zei ik, en nu moesten de waterlanders wel komen. 'Ons gezelschap. Dat zou hij waarschijnlijk wel kunnen gebruiken.'

'Ik ga een steen zoeken,' zei Kevin, 'zodat we niet wegvliegen.' Hij ging het bos in. Hij kwam terug. Het was wij tweeën. Het was wij tweeën helemaal. Het was wij. En het was toen.

38

*I*k slaap de hele dag, en de dag erna. De zigeuners lopen in en uit met hun liederen, en Miguel blijft een tijdje bij me zitten. Adair belt op en we praten. Ze zegt dat ze wil komen, maar ik zeg dat het goed met me gaat – alleen maar uitgeput van alles – en dat het met de baby ook goed gaat. Al die tijd laat Estela me geen moment in de steek, behalve wanneer ze in de keuken meer soep gaat maken of thee voor mij gaat zetten of mij een schaaltje komt brengen van mijn eigen vla, die goed gelukt is. Als Estela weggaat, komt Esteban binnen. Hij gaat op de rand van mijn bed zitten. Zo zonder hoed ziet hij er verlegen en vreemd uit, zijn haar valt langs zijn litteken.

'Je hebt me laten schrikken,' zegt hij tegen me.

'Eerlijk gezegd,' zeg ik tegen hem, 'ben ik zelf ook geschrokken.'

De dokter heeft opgebeld; hij zegt dat het bloed in orde is. De einddiagnose is dat het stress was. Stress. En keer op keer vertel ik jou dat het me spijt, dat ik niet ver weg zal lopen in de Spaanse zon, dat ik voor je zal zorgen. Ik zal het kalm aan doen. Als Esteban weggaat, komt Estela terug. Op de derde dag komt de zon tevoorschijn en de regen verdampt. Ik kijk door het raam over de binnenplaats naar de wereld; ik kijk naar de ooievaar die heen en weer vliegt vanaf de schoorsteen, ik kijk naar Luis die op de stoel op de binnenplaats zit na te denken.

Estela slaapt die nacht in haar eigen kamer. Ik lig te woelen en te draaien en te slapen en weer te woelen. 's Morgens zweeft er muziek naar binnen. Als Esteban de deur opendoet, heeft hij Bella bij zich – Bella zit hoog op zijn schouder.

'Hij wilde je zien,' zegt Esteban, en Bella doet alsof hij beter kan zingen dan de zigeuners en beter weet wat duende is, wat dat ook mag wezen.

Die nacht slaap ik – en jij bent het die me wakker maakt bij het krieken van de dag. Je haalt me uit de slaap omdat je met je voet beweegt, of misschien is het je hand. Je bent een danseres.

'Wat ga je doen?' had Kevin me gevraagd, waardoor de keuze bij mij kwam te liggen en jij mijn verantwoordelijkheid werd. Door zo te reageren tekende hij de dunne scheidslijn tussen ons uit.

Jij hebt hem in je. Je hebt mijn vader. Je hebt mij ook. Je weet alles wat we in Spanje hebben gezien, en kent elk gerecht dat Estela heeft gekookt en dat Estela mij geleerd heeft. Je bent voor mij een lieveheersbeestje, dat staat voor geluk, en de staart van een zwarte kat, die helpt bij oogpijn; je hebt het geluid van Estebans verhaal: je hoeft niet weg te gaan om vrij te zijn.

Opeens mis ik Ellie; ik mis haar nabijheid, ik mis de vragen die ze stelde en daarna zelf beantwoordde, de ruimte die ze vervolgens maakte om te luisteren. Ik mis wie ik was toen ik mijzelf het meest kon vertrouwen, voordat ik begon te liegen en dingen begon achter te houden. Ik mis alles van vroeger, maar ik ga dit ook missen. Ik zal mijn leven leiden als de vorstin van het gemis. Zo zal ik worden, terwijl ik vorderingen maak.

'Hi.'

Het is Esteban, hij is weer terug – mijn deur door, de kamer

door en hij buigt zich over mijn bed. Ik hoor dat de gordijnen achter mij worden opengetrokken, ik voel het licht
door het raam naar binnen vallen – het raam dat uitkijkt op
de oude waslijn, het eiland van nergens, de achterkant van
de cortijo.

'Draai je om,' zegt Esteban tegen me.

Als ik dat doe, zie ik een boom, van takken gemaakt: een
enorme, gigantische boom, en tussen en rondom de takken
zijn allemaal bloemen uit het bos gestoken: de vergeten
rozen en de bougainville en de lavendel en het geel.

'Tierra heeft geholpen,' zegt hij. 'Tierra mist je.'

Ik voel hoe je je binnen in me omdraait.

39

Op de zevende dag sta ik op, neem een douche en glip al vroeg, voordat iemand me kan tegenhouden, Estela's keuken binnen. Ik kies zes sinaasappels uit het blauwe net naast de koelkast. Met Estela's vlijmscherpe mes snijd ik ze doormidden. Ik blijf knijpen totdat het sap volmaakt en zonnig oranjerood is. Ik vind een oud brood, ik snijd het, en samen met een paar gebarsten eieren, wat melk en wat kaneel maak ik er een beslag van. Ik steek de vlam aan onder een pan.

'Mijn vaders speciale wentelteefjes,' zeg ik tegen Estela, als ik haar op haar eigen bed in haar eigen kamer aantref, in haar dunne groene onderjurk, eindelijk aan het rusten.

'Santa Maria, madre de Dios,' zegt ze, terwijl ze een stevige, natte kus op mijn voorhoofd drukt. 'Kijk eens wat je hebt geleerd van mij!'

Later die middag haal ik de camcorder van Adair uit de doos, doe de batterijen erin, stop de tape erin en begin te filmen – zodat jij op een dag zult zien wat ik gezien heb en hoeveel ik van je gehouden heb. De film krijgt als titel: *Jouw leven met mij.* Het begint met de hagedissen in de zon, de gebogen kattenstaarten. Er zijn gastoptredens van twee sterren: Joselita in het roze en Arcadio in de loveseat, die elke snaar met zijn ringvinger beroert en zijn vingers tegen de klankkast duwt, zijn hand over de kam van de gitaar laat glijden, totdat hij krast en huivert. *'Así se toca. Olé.'*

Dit is het begin van mijn film.

Dit is mijn leven.

Je hoeft niet weg te gaan om vrij te zijn.

Met mijn camera probeer ik Luis te vinden, maar hij is er niet – ook Angelita en Miguel zijn er niet, maar door de openstaande keukendeur zie ik Estela. Ik stel de lens scherp op haar, zoom zover in als de Canon het toelaat. Ze staat bij de gootsteen. Ze kiest een mes uit. Ze stampt en roert in een pan. Ze heeft een saaie, grijze jurk aangetrokken. Het haar valt los op haar rug. De huid van haar arm valt niet van het bot. Ze is robuust. Ze is eigengereid. Ze is sterk genoeg om mij te redden.

Ik loop, en de camcorder loopt met me mee – de kamer door, langs de sproetige spiegel, de gang door, schaduw in, schaduw uit, en langs alles wat de schaduwen te verbergen hebben. Ik film het interieur van Miguels bibliotheek in zijn totaliteit en zoom dan in op de plek waar zijn laarzen staan, en op de onverwachte ruimte tussen de boeken omdat er een boek ontbreekt. Ik film de scheve foto's aan de muren, het gebarsten patroon in de vloer, de uit bijenkorven gemaakte kroonluchters, de gang, het raam, het raam, de gang. In de stierenkamer laat ik nu het oog van de camera over elke opgezette kop gaan – poëzie en geestkracht. 'Jullie zijn de trots van het huis,' zeg ik tegen de stieren, en dan ga ik terug, de hal door en naar buiten, naar de binnenplaats achter, en naar het boomhuis, voorbij de stallen. Ik voel hoe zich vlak bij mij een gestalte losmaakt uit de schaduw. Ik blijf focussen. Alles wat de lens ziet, is een lange mouwnaad, een schouder, de plek waar de hond toesloeg.

'Kenzie aan het werk,' zegt Esteban.

'Alleen maar aan het… filmen,' zeg ik, terwijl ik de camcorder laat zakken, 'denk ik.'

Hij pakt het apparaat zomaar uit mijn hand en staart door de glazen lens. 'Ben je weer opgeknapt?' vraagt hij mij.

'Niet zo moe meer,' zeg ik.

'Fijn,' zegt hij. 'Dat is goed.' Hij speelt met de camera, zoomt in en uit, stelt scherp op Tierra. 'Is het zo simpel?' vraagt hij.

'Wat?'

'Om een cameravrouw te zijn?'

'Ik denk dat er meer voor nodig is,' zeg ik. 'Waarschijnlijk heel veel meer.'

Ik denk aan de filmregisseur, de vriend van Adair en Javier. De dingen die ik misschien had kunnen leren. De films die ik had kunnen maken.

'Als je echt opgeknapt bent, kun je me dan met iets helpen?'

'Wat dan?'

'Met Tierra. Ze heeft nieuwe hoefijzers nodig.'

'Pardon?'

'Je hoeft alleen maar met haar te praten,' zegt hij. 'Ze zegt dat ze je graag mag.'

Ik zet het apparaat uit, breng het naar Estebans kamer en leg het op zijn bed. Tegen de tijd dat ik terugkom, heeft Esteban Tierra aan een touw waaraan ze om hem heen loopt. Als ze me ziet, maakt ze tweemaal een kort fluitend geluid door haar tanden en brengt haar lippen dichtbij.

'Zeg iets tegen haar,' zegt hij, terwijl hij mij de teugels geeft. Ik zeg tegen haar dat ze een lief paard is; dat vindt ze leuk. Ik vertel haar dat ze gelukkig is, en dat vindt ze ook leuk. Esteban knielt op de grond, tilt een hoef met zijn hand op. Hij pulkt aan het vuil en de stenen, zegt me dat ik het touw hogerop moet vastpakken, haar strakker moet houden.

'Doet het haar pijn?' vraag ik.

'Niet echt,' zegt hij.

Hij legt het mes neer en pakt een ander stuk gereedschap,

begint de hoef bij te knippen alsof het een vingernagel is. Hij kapt de hoef totdat het ijzer past. Daarna vijlt hij alles eromheen glad.

'Dat is één,' zegt hij terwijl hij afrondt, en dan gaat hij staan. Met zijn onderarm veegt hij het zweet van zijn wenkbrauw af.

'Je ziet er goed uit,' zegt hij tegen mij. 'Jullie allebei trouwens.' Hij geeft een tikje tegen mijn buik aan. Hij stopt mijn haar terug achter één oor en maakt met zijn vinger de pony op mijn voorhoofd losser. Ver weg in het huis hoor ik mijn naam – op de manier waarop alleen Estela die uitspreekt.

'Je kunt maar beter gaan,' zegt Esteban.

'Maar je bent nog niet klaar.'

'Ik krijg het wel voor elkaar,' zegt hij. 'Maak je geen zorgen.'

'Maar ik dacht…'

'Kenzie, eigenlijk kan ik het best in mijn eentje – de hoeven van een paard bekappen. Het was gewoon dat… nou ja… je bent weer opgeknapt. En ik vind het leuk je om me heen te hebben.'

'Ik mag jou ook,' zeg ik. 'Heel graag.'

Hij kantelt zijn hoed schuin over zijn voorhoofd. Hij glimlacht.

40

*P*aella is nadenken,' zegt Estela. 'Paella is de juiste timing.' Ze heeft een pan met twee handvatten op het fornuis staan en ze heeft de olie aangedikt met knoflook en laurierblad. Nu krijg ik de taak de kip te koken, zodat het vlees van de botten valt, en het varkensvlees in blokjes te snijden. Ze gooit alles in de pan. Witte spetters vliegen als vonkjes door de lucht.

'Kun je even wachten?' vraag ik haar na een halfuur.

'Waarom wachten?'

'Gewoon eventjes wachten, oké?' vraag ik, en dan hobbel ik de hal door en naar buiten, om de camcorder te halen. Als ik bij Estebans kamer kom, is hij er; hij draait het apparaat in zijn hand rond en probeert te doorgronden hoe het werkt.

Tegen de tijd dat ik terugkom, is het vlees bruin en is Estela bezig het uit de pan te scheppen zodat er ruimte is voor de uien en de paprika's, de inktvisringen, de tomaten – alles gooit ze in de pan en vervolgens roert ze alles met haar rode spatel door elkaar. Ik krijg het op film. Ze voegt meer olijfolie toe. Ook dat krijg ik op film. Ze zegt dat er nu niets aan de bodem kan blijven plakken. Dan wuift ze met haar hand naar mij, ze noemt de camcorder een machine, zegt dat ik die neer moet leggen; dat doe ik niet. Ze voegt de rijst toe, van die fijnkorrelige, en kookt die, zodat hard zacht wordt en doorschijnend ondoorzichtig wordt. Ze kruidt de rijst met citroen, zodat deze niet gaat kleven.

Ze gooit de schelpdieren en de mossels in een schaal koud water gemengd met havermout, zodat hun vlees loskomt.

'Weg met dat ding,' eist ze, maar ik blijf filmen.

'Ik meen het!'

En nu zie ik dat het inderdaad menens is. Ik druk op Stop, leg de camera op de tafel, laat mij overal naartoe commanderen: naar het aanrecht voor extra kippenbouillon en voor het vlees van kip en varken dat stond af te koelen. Nu zegt ze dat ik terug moet komen, weer naar het fornuis.

'Jij moet schudden de pan,' zegt ze. 'Je moet niet roeren. Respecteer de kruiden.'

Ze haalt de knoflook en het laurierblad van de bodem van de pan en laat ze uitdruipen op een schone witte schaal. Ze verpulvert ze, voegt de pepers, de paprikapoeder en een handjevol grof zout toe en zegt vervolgens: 'Saffraan is het meest belangrijk.'

Estela reikt naar een flesje hoog op een plank. Ze gaat op haar tenen staan en zwaait met haar handen, en dan heeft ze wat ze wil, en ze haalt de kurk eraf.

'Gods mooiste kleur,' zegt ze. Het is geen mening, maar een feit. Ze trekt er een paar draden uit, schikt ze op haar handpalm en vertelt me van alles over saffraan: over de bloem, een krokussoort, en over de handen die de bloem oogsten, en over de vingers die de bloem van de stengel knippen om de stempel van de meeldraad af te halen. Saffraan is rood en goud. Estela zegt dat het een geneesmiddel is tegen allerlei kwalen: kanker, syfilis, jeuk en melancholie. Een snufje saffraan in warme witte wijn zal je leven veranderen, legt ze uit. Het zal je moed geven. 'Paella is geen paella zonder saffraan. Leven zonder saffraan is geen leven.'

Door de geopende deur zie ik Bruno en Rafael in de loveseat met Arcadio. Rafael draagt een brede, fletse band om

201

zijn middel. Ik zie hoe Joselita de katten in de verre hoek zit toe te spreken. Ik zie Luis niet en vraag me af waar hij is, vraag me af of hij en Estela eindelijk hebben gepraat, in al die dagen dat hij al hier is. Of ze alles opgebiecht heeft. Of hij nu de waarde van de foto inziet, die hij van de ene stad naar de andere heeft meegedragen, in de bus en op een muilezel, naar wie weet hoeveel kroegen.

Het is zo heet dat de katten niet meer met hun staart zwiepen; zelfs de waaier die Angelita nu naar de binnenplaats brengt – enorm groot en opzichtig, groen met lovertjes – kan geen leven in de brouwerij brengen. Ze legt hem neer, terwijl ik de pan sta te schudden en alles van buiten in me opneem.

'Opletten!' zegt Estela. 'Bij paella je moet nadenken.'

'Sí. Heb je al gezegd.'

Ik vraag me af of de foto nog steeds in de zak van haar schort zit, en waar ze aan denkt. Ik vraag me af of ze weer bij zinnen gekomen is, Estela, de koningin van Los Nietos, in de tijd dat ik maar lag te tollen, te rusten, te dromen.

'Let je op?' vraagt ze.

'Ik let op.'

'Houd je je aandacht erbij?'

Ze draait het gas onder de paella uit. 'Laat het staan,' zegt ze tegen me. 'Laat het ademen.'

'Ja, Estela.'

'Jij wordt een echte kok,' zegt ze tegen me. 'Een goede kok. Ik ben trots op jou.' Ze kijkt even naar boven en haar ogen vinden de mijne. Groter compliment kan ze me niet geven. Ik ben er stil van.

'Vanavond Luis is jarig,' zegt ze. 'Morgen hij zal weggaan.'

'Morgen?'

'Sí. Vanavond feestje.'

'Het echte feestje?'

'Jij zorgt dat jij bent klaar.'

'Maar, Estela…'

'De zigeuners vertrekken met hem,' zegt ze. 'Ook Angelita. Voorlopig zij zullen niet terugkomen.'

'Ik zou hier moeten blijven om jou te helpen. Er moet nog zo veel gedaan worden.'

'Jij gaat rusten,' zegt ze. 'Por favor.'

Ik droog mijn handen. Ik vouw de theedoek op. Ik pak de camcorder. Ik ga de deur uit en loop in de gang onder de wespennesten door. Ik vind Esteban buiten, bezig een zadel op te poetsen.

'En?' vraagt hij.

'Paella,' zeg ik.

'Haar favoriete gerecht heeft ze aan jou doorgegeven,' zegt hij.

Hij leunt achterover en glimlacht. Plotseling schop jij met alle kracht die je in je hebt, en ik zie je, de film van jou die zich steeds voor mijn geestesoog heeft afgespeeld: de parels, de ruggengraat, de oren, de ogen, de navelstreng die het bloed naar binnen brengt – en nu huil ik. Om alles wat ik zal moeten achterlaten om jou te houden. Om alles wat ik weer verlies.

'Ik kan het niet,' zeg ik tegen Esteban.

'Je moet het Estela vertellen,' zegt hij.

41

*E*stela?' Ik klop op haar slaapkamerdeur. 'Estela? Ben je daar?'

Ik draai de knop om en de deur gaat open. Ik tref haar aan in haar groezelige onderjurk, terwijl ze haar nieuwe jurk voor zich houdt.

'Citroenen en limoenen,' zegt ze. Ze drukt de jurk tegen zich aan, stopt de hals van de jurk onder haar kin. De glimmende knopen vangen het opflakkerende licht. De gele zoom lijkt bijna goudkleurig.

Ik ga naar Estela toe en pak de jurk van haar over. 'Doe je armen omhoog,' zeg ik, 'en draai je om.'

'Ooit ik was dun,' zegt ze.

'Sí. Ik heb je foto gezien.'

'Een leuke jurk.'

'Ik ben blij dat je hem leuk vindt.'

'Een leuke jurk voor een aardig meisje. Dacht jij aan een andere kok toen jij ging kopen de jurk?'

'Niet echt, Estela.'

Ik laat de jurk over haar hoofd glijden, trek haar armen in de royale mouwen. Dan neem ik het lijfje en de rok bij elkaar en begin die naar beneden te sjorren.

'Inademen,' zeg ik.

'Doe ik,' houdt ze vol.

'Beter je best doen.'

'Ik ga dood.'

'Als je doodgaat, ga je tenminste dood in een mooie jurk.'

'Poeh,' zegt ze. 'Waar is dat goed voor?'

Ze zwoegt en draait zich om. Ik laat de stof behoedzaam zakken en help Estela, totdat de rok uiteindelijk vrijkomt en in een snelle vlucht richting de grond valt.

'Santa Maria, madre de Dios,' zegt Estela. Haar gezicht is rood aangelopen. Haar haar zit in de war. Ze doet alsof zij denkt dat we klaar zijn.

'De rits moet nog dicht,' zeg ik. 'Hou je gebeden maar voor je.'

'Dat waren geen gebeden.'

'Buik in.'

'Ooit ik was dun,' zegt ze. 'Ooit. Weet je nog?'

'Hou op met dat geklaag.'

Ik duw en trek en sjor en uiteindelijk gaat de koele metalen rits een klein eindje langs haar ruggengraat omhoog. Ze draait zich om en kijkt mij aan, langs een wenkbrauw wrijvend.

'Nou?' zeg ik.

'¿Sí?'

'Laat me eens kijken.'

Ze draait zich langzaam om. De zomen waaieren uit. De knopen fonkelen.

'Citroenen en limoenen,' zeg ik. 'Niet bewegen. Ben zo terug,' zeg ik erachteraan.

Nog even blijf ik staan. Met haar handen omhoog brengt ze haar haren weer in fatsoen. Ze is in haar hutkoffer druk op zoek naar een paar oude armbanden en doet ze om haar arm. Ik laat haar daar achter, zonder spiegel. Ik ga de hal in, zet koers richting de keuken en kom terug met een gepoetste koperen pan.

'Wat nu?' vraagt ze.

'Kijk.' Ik hou de bodem van de pan zo hoog dat ze zichzelf

erin weerspiegeld kan zien.

'Estela, de koningin van Los Nietos,' zeg ik.

'Kenzie, het Amerikaanse meisje.' Haar ogen zijn donkere, vochtige plekken. In haar ogen staat een miljoen jaar van pijn en herinnering te lezen, een miljoen jaar van spijt. Ze slaat een arm om me heen en drukt me stevig tegen zich aan.

'Estela,' zeg ik.

'Wat is er?'

'Ik moet naar huis. Ik heb een besluit genomen. Deze baby is mijn dochter.'

Ze kijkt mij lang en onderzoekend aan.

'*Comprendo*,' zegt ze, uiteindelijk.

'Ik ben toch zo'n etterbak,' zeg ik. En dan huil ik als de Guadalquivir in het regenseizoen, als Triana tijdens de overstroming. Ik huil, en Estela's armen zijn helemaal om me heen. Het verleden is niet begraven, nog niet. Het heden is nu, en er zijn consequenties. Of ik doe andere mensen pijn of ik doe mezelf pijn. Of ik neem onze toekomst weg of ik neem de mijne weg. Of ik wijs Adair af of ik trotseer mijn moeder. Of ik heb een hekel aan Kevin of ik hou van Kevin. Of ik hou van Esteban of ik laat Esteban achter – maar hoe het ook zij: ik moet het erop wagen.

Het erop wagen. Omdat jij van mij bent en altijd zult zijn.

'Mijn moeder slaat me tot moes,' zeg ik. Als Estela me harder tegen zich aandrukt, voel ik al haar kracht – alles wat ze gegeven heeft en alles wat van haar genomen is, en alle dromen die hoe dan ook nooit gestorven zijn. Estela ademt zwaar in, dan uit, en haar jurk ademt met haar mee. Ze veegt een reuzentraan uit haar ene oog.

'Ik weet niet hoe ik het haar moet vertellen.'

'Ik zal het doen. Ik zal het vertellen aan haar.'

'Wat ga je haar vertellen?'

'Spijt duurt een leven lang. Jij bent haar dochter.'

'Maar Adair dan?' zeg ik. 'Hoe kan ik het haar vertellen? Wat zal ze doen?'

'Adair is jong,' zegt Estela. 'Adair zal het overleven. Miguel zal praten met haar. En later jij zult sturen een brief aan haar, en ook een brief naar Mari. Echte brieven. Beloof je dat, Kenzie? En je moet houden je belofte.' Zij laat mij los uit haar omhelzing en raakt met haar hand mijn gezicht aan, in een poging al mijn tranen te stelpen.

'Jij luistert nu naar mij,' zegt ze. 'Jij bent nu vijf maand, bijna zes maand zwanger. Het is beter dat je gaat zo snel mogelijk naar huis.'

'Lieve help,' zeg ik.

'Ik regel alles.'

'Oké.'

'En zeg tegen de anderen: het avondeten komt zo.'

'Ze hebben op je gewacht,' zeg ik. 'De hele middag.'

'Die luie dieven,' zegt ze, maar ze glimlacht.

'Ik zal je missen,' zeg ik. 'Ik ga jou missen en Esteban en Tierra en Los Nietos. Misschien zal ik zelfs de stieren missen.'

'Jij weet waar wij zijn, wij zijn altijd hier. Jij kunt terugkomen. Die kamer is jouw kamer. Voor altijd.'

42

*B*uiten mijn slaapkamerraam ziet de lucht er schoongepoetst uit. In de loveseat is Joselita in diepe rust. Arcadio wiegt de gitaar in zijn armen, haalt er één noot uit, laat die vibreren. Ik richt mijn camcorder op het tafereel en druk op Record. *Jouw leven met mij.* Hier begon het.

Het roze neusje van een zilverkleurige kat piept onder de zoom van Joselita's jurk uit. Tegenover Arcadio, in de tweede loveseat, zit Rafael, zijn vingers gekromd alsof ze voorzichtig iets vasthouden. Zo nu en dan slaat hij ze tegen elkaar, alsof hij ineens probeert een lied te beginnen. Maar er gebeurt niets. Er begint pas iets als Luis verschijnt, met Limón op zijn schouder. Hij ziet eruit als een man die een compleet land heeft doorkruist, als een ziel die zijn bestemming nog niet gevonden heeft. Hij loopt recht op het raam af waar ik sta te filmen.

Ik leg de camcorder neer.

'¿Sí?' vraagt hij, naar Estela's keuken kijkend.

'Sí,' verzeker ik hem. '*Se lo he dado.*'

Hij knikt en strekt zijn hand uit naar de mijne. Hij glimlacht, maar het is een droeve glimlach, en nu draait hij zich om en kijkt door de poort van de binnenplaats, de weg af.

'*Feliz cumpleaños,*' zeg ik, en hij knikt, en plots begrijp ik dat het vandaag zijn echte verjaardag is, na de vele bijnaverjaardagen. Hij gaat op de stoel zitten die het dichtst bij Bruno staat, dan kijkt hij omhoog, naar Angelita, die haar mollige hand tegen haar hart drukt.

Arcadio laat zijn hand over de snaren van zijn gitaar zweven. De kat springt op Joselita's schoot. Luis doet de vingertoppen van zijn beide handen tegen elkaar en sluit zijn ogen een hele tijd – hij denkt na, en misschien is hij nu aan het dromen, misschien nu. Over het leven in Triana en het meisje dat zo goed kon koken. Over de reis die hij ondernam om de enige zoon van zijn broer te vinden. Over de plaatsen waar die reis hem bracht en over wat hij achterliet. Misschien zal Estela het hem vertellen. Misschien heeft ze dat al gedaan. Misschien is het feit dat ze van elkaar houden wel het enige dat telt – nog steeds van elkaar houden zoals mensen die intiem zijn geweest met elkaar, altijd van elkaar zullen houden. Ergens in het hart van Luis is Estela. Ergens in Kevins hart ben ik. Je vindt vrede als je niet haakt naar wat je toch niet kunt krijgen. Je vindt vrede als je niet treurt om wat geweest is.

Ik loop weg van het raam. Ik neem de camcorder mee de hal door, doe de deur open, ga naar de binnenplaats. Tegelijk met mij verschijnt Estela, de paella voor zich uit houdend. Tussen de rand van de pan en het metaal van het deksel ontsnapt de paellastoom de lucht in, en de stoom draagt de geur van Spanje, de geur van de zee en Los Nietos.

'A Luis,' zegt Estela, en de zigeuners heffen hun denkbeeldige glazen. 'A Luis,' klinkt het unaniem.

Esteban staat nu in de deuropening, een en al besluiteloosheid, de hoed op zijn hoofd, maar wij kijken naar Estela – mijn camera ziet Estela, met haar citroenen en limoenen, haar rinkelende armbanden. Als ze de borden neerzet, kijk ik naar Luis' gezicht. Ik probeer te doorgronden wat er tussen hen is voorgevallen.

'Feliz cumpleaños,' zegt ze.

'*Tu eres muy hermosa*,' zegt hij.

Ze schudt het hoofd en bloost.

'Kenzie, por favor,' zegt ze, de blik naar de vloer. 'De paella.'

Ik til het deksel van de pan en stuur een stoomwolk naar de sterren. Ik pak de zilveren lepel op, het eerste witte bord.

'*El señor tiene misericordia*,' zegt Arcadio. En als Angelita met haar enorme, kordate kin knikt, knikt ze eerst in Estela's richting.

'Kijk goed hoe de paella ademt,' zegt Estela tegen mij, en tegen mij alleen.

Ik kijk omhoog, de ooievaar vliegt over. Ik kijk naar de deur, een van de talloze deuren die naar deze binnenplaats leiden, en zie Esteban mijn kant opkomen. Luis steekt zijn vork diep in de pan en zegt dat de paella perfect is. Miguel schept de borden tot de rand toe vol en Estela zit daar, bij ons.

'Speel een liedje voor haar,' zegt ze tegen de zigeuners. Angelita gaat als eerste staan. Ze maakt een buiging voor mij en raakt een ooghoek aan. Ze begint te zingen en Arcadio valt in. Joselita pakt haar halve vat vast en brengt het geheel op tempo. Esteban raakt zijn hoed aan. 'Dans met mij,' zegt hij, en dat doe ik. Jij en ik samen, in zijn armen.

'Kijk,' zegt hij. Als ik een vluchtige blik achterom werp naar de tafel, zie ik wat hij gezien heeft: Luis die zijn hand op Estela's hand legt, en Estela's ogen als een luchtspiegeling aan de horizon.

'Wat gebeurt er nu?' vraag ik me hardop af.

Maar Esteban weet het niet; niemand weet dat. Estela en Luis hebben hun geheimen en hun pijn, en wij dansen, wij zijn waar we ons in ons hart bevinden, waar we ook geweest zijn.

En nu is de muziek afgelopen. Esteban strijkt mijn haar glad naar achteren en kust het lelletje van mijn oor. 'De paarden hebben verzorging nodig,' zegt hij, terwijl hij achteruitstapt en mij aankijkt alsof ik nog maar net ben gearriveerd, of alsof ik nog maar net *echt* gearriveerd ben.

'Moet dat?' vraag ik.

'Ja,' zegt hij.

'Juist nu, op dit moment?'

Hij knikt, glimlacht niet. Hij haalt een hand door mijn uitgegroeide haar, loopt de poort door en is verdwenen.

43

*I*k word wakker van het geklop op mijn deur en het verblindende licht van de ochtendzon.

'Kenzie,' zegt Estela. 'Kenzie, opschieten!'

Als ik bij de deur kom en die opendoe, staat ze daar, het haar in losse slierten, haar oude bruine hemdjurk verkeerd dichtgeknoopt. Alleen de armbanden zitten nog op dezelfde plaats als gisteravond en maken muziek aan haar pols.

Ik doe een stapje opzij om haar binnen te laten. Ze doet de deur achter zich dicht. In de ene hand draagt ze een oude leren buidel, in de andere haar pot saffraan.

'Vandaag,' zegt ze.

'Wat vandaag, Estela?' Ik slaap nog half en ben in de war.

'Jij pakt je spullen, Kenzie. Je gaat naar huis vandaag.'

Ik kijk Estela aan en probeer het te begrijpen.

'Alles is geregeld,' zegt ze. 'Het is goed,' hoewel ik van haar gezicht kan aflezen dat het niet van het begin af goed was, althans niet gemakkelijk.

Ze geeft me de saffraan en de tas. Dan buigt ze zich voorover en sjort aan mijn beide koffers tot ze die heeft bevrijd uit het donkere hoekje onder mijn bed. Ze gooit ze boven op mijn gekreukelde lakens en draaft dan over de vloer naar de ladekast in deze oude kamer. Wat gekreukeld is, vouwt ze recht. Wat te groot is, vouwt ze dubbel. Ze past en meet, zodat alles een plek krijgt. Ze draait zich om en gaat naar de kast. Ze haalt de jurken eruit, de lelijke katoenen hobbezakken die mijn moeder voor mij had gekocht. Dan haalt ze de armbanden, een voor een, van haar arm en laat ze in de koffer glijden.

'Op de goede afloop,' zegt ze.

'Wat heb je gedaan, Estela? Wat zei ze?'

'Zij wacht op jou. Zij zal leren het te accepteren.'

'Wie, Estela, wie?'

'Ten eerste je moeder. Ten tweede Adair.'

Ze klikt de veersloten van de eerste koffer dicht en laat de tweede open. Ze legt mijn witte jurk opzij en zegt: 'Dit is je mooiste jurk. Je gaat die aantrekken.'

'Maar, Estela.' Ik pak haar bij de schouders en draai haar om. Ik houd haar vast totdat ze me aankijkt met die kleine oogjes van haar tussen al die groeven, haar gezicht als een wegenkaart van haar eigen land.

'Ik heb gepraat met Miguel,' zegt ze. 'Hij heeft geregeld alles.'

'Zo gauw al,' zeg ik.

'Jij bent achttien. Jij bent zwanger. Jij bent klaar.'

'Maar…'

'Luister naar mij, Kenzie,' zegt Estela. 'Je doet wat ik zeg. Jij gaat met Luis en de zigeuners in Miguels vrachtwagen naar Sevilla. Je neemt de trein naar Madrid. Vanaf het station je gaat met de taxi naar het vliegtuig. Je moeder wacht op jou in Philadelphia.' Ze wijst met haar hoofd in de richting van de leren tas. 'Alles wat je hebt nodig: nummers, geld. Luis zal meegaan met jou tot Madrid.'

'Het geld?'

'Miguels geld,' zegt ze.

'Miguels geld?'

'En een beetje van mij. Wat moet ik ermee? Ik heb er alleen maar last van, en ik ben oud.'

'Maar…'

'Jij neemt de beslissing en ik help jou, sí? Nu, Kenzie. Luis zorgt dat jij weggaat veilig.'

Ik voel de hete tranen langs mijn gezicht stromen. Ik kijk de kamer rond – zie de gekreukelde lakens, het rondzwevende stof, het beschadigde raam. Ik kijk naar buiten, naar de plek waar de hagedissen langs een muur omhoog schieten en waar de katten opgerold in de schaduw liggen. De tafel is smerig van de vorige avond. De grote pan paella staat er nog – zonder deksel, leeg.

'Heb je met Luis gepraat, Estela?'

'Dat is iets tussen oude mensen.'

'Maar hoe kun je mij uitzwaaien als je niet…'

'Por favor,' zegt ze. 'Ophouden met vragen. Laat me met rust.' Ze blijft doorgaan met vouwen en recht leggen. Haar handen zijn enorm en ook lomp – voor wie zullen ze vandaag koken? Alleen voor Miguel en Esteban. Alleen voor haarzelf en ter herinnering aan Luis. Ik kan nauwelijks ademhalen als ik eraan denk – Estela, zonder feestje om voor te koken, zonder dochter bij zich in de buurt, zonder mij naast zich in de keuken.

'Ik kom met de baby,' zeg ik. 'Als ze ouder is. Als ik kan.'

'Sí. Natuurlijk.'

'Ze zal jouw kleindochter zijn.'

'Als jij wilt dat.'

'Jij leert haar koken, Estela. Ja?'

'Dit is de pot saffraan van mijn moeder,' zegt Estela. 'Tot dan jij leert jouw dochter koken.'

Nu zie ik door het raam Arcadio op de binnenplaats, zijn gitaar in zijn hand en een hoed op zijn hoofd. Ik zie Angelita, Joselita, Bruno en Rafael ook – met verfomfaaide, excentrieke kleren en met wilde bossen haar. Joselita beent weg in de richting van de schaduw. Ze tilt de zilverkleurige kat op en duwt zijn neus tegen haar lippen.

'Zij wachten op jou,' zegt Estela. Ze draait zich om zodat ik me kan opfrissen en me kan verkleden, zodat ik alles nog eenmaal voor de laatste keer in me kan opnemen, alleen.

'Ik geef haar jouw naam,' zeg ik, net op het moment dat Estela bij de deur komt en haar hand op de deurknop legt.

'Nee.' Ze hapt naar adem en schudt het hoofd. Ze keert zich om en er valt een grote traan, en nog een. De tranen verzamelen zich in de groeven van haar huid en stromen als een rivier.

'Ik heb die beslissing al genomen, je kunt me niet tegenhouden.'

'Zo eigenwijs als een oude kokkin,' zegt ze.

'Zo eigenwijs als een Amerikaans meisje.'

'Ga aantrekken andere kleren,' zegt ze. 'Sí? Zorg dat je bent klaar.'

Ze verlaat de kamer met de ene koffer in haar hand. Ik hoor haar door de hal sjokken, hoor dan een tik op mijn slaapkamerraam. Ik draai me om en zie dat Angelita het zakje van haar nek afhaalt. Ze zegt dat ze wil dat ik het heb. Ze zegt dat zij het nu niet nodig heeft, dat wanneer je oud wordt de liefde is wat ze is.

Ik schud nee met mijn hoofd.

Zij knikt ja met haar hoofd.

Ze staat erop.

'*Para el amor,*' zegt ze.

Ze kruist haar armen en loopt weg, voordat ik ervoor kan zorgen dat ze het terugneemt.

'Angelita. Por favor,' probeer ik nog. Maar ze gaat al richting de anderen en pakt een gitaar op – en ik sta nog bij het raam, met haar zakje in mijn hand. Ik trek aan het touwtje en kijk in het zakje. Ik zie citroenschil en een knoflookteen,

een eikel, een nagel, heide, lavendel, tijm. Ik zie theeblaadjes en zoete gember. Ik zie een schelfje hoornplaat van een schildpad.

Zigeunergeluk, denk ik. Liefde op zijn zigeuners.

Ik vind Esteban in de box bij Tierra. Haar witte staart jaagt de vroege hitte van de dag weg. Als hij naar me opkijkt, weet ik bijna alles. Dat hij niet heeft geslapen. Dat hij het meent: *ik zal je missen.*

'Alles is gepakt,' zeg ik. Alles betekent bijna alles.

Hij probeert iets te zeggen, maar het lukt niet.

'Ik zal je schrijven,' zeg ik. 'Dat beloof ik.'

'Ik ben anders dan die jongen,' zegt hij.

'Dat weet ik.'

'Ik wil horen hoe het met de baby gaat.'

'Ik wil over je huis horen,' zeg ik. 'Ik wil over de paarden horen.'

Hij neemt me in zijn armen. Hij houdt me vast.

44

Voorbij de poort werpen de olijfbomen een spinnenweb van purperen schaduwen op de weg. Aan de overkant van de weg, tussen de zonnebloemen, vind je groene klaver en bloeiende cactussen. Ginds aan de horizon lekt het zilver, blauw en groen – als de zee. Ik zit voorin, bij Miguel en Luis. De zigeuners zitten achterin, op de vloer van de vrachtwagen, terwijl de wind een lied blaast in Arcadio's snaren.

Miguel zegt geen woord tijdens het rijden. Spanje raast voorbij. De akkers en de stieren en de ooievaars en de aarde die zich losmaakt en oprijst. Ineens herinner ik me de eerste keer dat de S'en alleen naar het strand gingen – Kevin achter het stuur, wij allemaal aan het zingen, de auto die langs de schuurtjes gleed, langs de zoutmoerassen, de bruggen in het moeras, de jongens bij hun hengels en krabbenvallen, totdat Kevin over een brede straat een stadje binnenreed en er de auto parkeerde – en we waren vrij. We renden op de zandduinen af, over de zware planken, van de lage heuveltjes naar de zee. De zee is van ons. We zijn thuis.

'Ik zal je missen,' zei Esteban.

Ik zal je missen.

Nu pak ik de camcorder die op mijn schoot ligt, en ik spoel terug. Ik bestudeer het scherm, kijk hoe Los Nietos stukje bij beetje naar ons terugkeert, en alles komt voor het voetlicht: Arcadio's lied, Joselita's dans, Luis' liefde, Estela die paella maakt in de keuken. En dan verandert de plaats van handeling en er is verkeerd ingezoomd. Plotseling bevind ik me in Estebans kamer, waar ik de camcorder gistermiddag had achtergelaten zodat ik Estela een handje kon helpen in de keuken. Dit stukje film is van Esteban, realiseer ik mij, Estebans film – van de vogels, Bella en Limón, in hun takkenboom. En nu schudt het beeld heen en weer. De kamer gaat ondersteboven en dan zie ik Esteban zelf, pontificaal midden in het scherm.

Esteban die Esteban filmt.

'Ik wacht op je brief,' zegt hij in de camera tegen mij. En dan vertrekt hij. Hij loopt de kamer uit, laat de camera lopen, laat zijn schaduw verdwijnen. Ik speel de scène terug, en nog een keer – en opeens zit ik in de cabine van Miguels vrachtwagen te snikken. Ik kan mijn hoofd niet omhooghouden, ik kan niet stoppen. Luis' hand ligt op de mijne, zijn arm is om me heen, hij zegt iets wat ik niet begrijp, en hij ruikt naar knoflook, gember en citroen. Naar het verleden. De oorlog. De keuzes.

'Miguel,' zeg ik nu, 'alsjeblieft. Ik moet naar huis.'

Hij neemt me met een intense blik in zich op – zowel met het ene oog dat ziet, als met het andere dat niet kan zien. Dan trapt hij op de rem, hij gooit het stuur om en hij rijdt snel-snel-snel door de hitte heen, met de wind in de snaren, en het geluid van terugkeer onder onze wielen.

WOORDENLIJST

Adirondack	Houten stoel met lage zitting
Albondigas de bonito	*Albondiga* is een bal, zoals gebruikt in het woord 'gehaktbal'; met *bonito* wordt verwezen naar een witte, gestreepte tonijn. Het kan dus het beste vertaald worden met 'tonijnvleesballetjes'.
Alegrías	Genre in de flamencomuziek
Almejas en salsa verde	Kokkels in groene saus
A Luis	Voor Luis
Anchoas rellenas	Gevulde ansjovissen
Así se toca!	Zo hoort het! Zo doe je dat!
Ay! Ay!	Ai! Ai!
Ayúdenos!	Help ons!
Benalúa	Gemeente in de Spaanse provincie Granada (regio Andalusië)
Bocce (Italiaans)	Bocce is een balsport die verwant is aan bowlen en petanque en in zijn huidige vorm in Italië ontwikkeld is.
Bruschetta (Italiaans)	Voorgerecht uit de Italiaanse keuken
Buenas noches	Goedenavond
Buenas tardes	Goedemiddag
Bulerías	Genre in de flamencomuziek
Cante chico	Genre in de flamencomuziek
Cante jondo	Genre in de flamencomuziek
Churros	Gefrituurde deegstengels
Community College	Een 'junior college' zonder woongelegenheid
Comprendo	Ik begrijp het
Corrida	Stierengevecht
Cortijo	Spaanse boerderij

De Don Quijote	Van Don Quichot
Déjalo solo...	Laat hem alleen...
Día de Reys	Driekoningen
Dígale qué lo he guardado desde entonces...	Zeg haar dat ik dit sinds die tijd bewaard heb...
Drexel	Drexel University: privé-onderzoeksuniversiteit in Philadelphia
Duende	De gevoeligheid waarmee de ene persoon iets op een andere persoon kan overbrengen.
El señor tiene misericordia	De Heer heeft medelijden
Es tarde	Het is laat
¿Está todo bien?	Alles goed?
Éste fue el comienzo de la guerra	Dit was het begin van de oorlog
Éste fue el comienzo	Dit was het begin
Esto es para Estela	Dit is voor Estela
Etch a sketch	'Etch a sketch' is speelgoed dat bestaat uit een scherm met daarin een ingebouwde tekenpen die met twee draaiknoppen bediend wordt.
Fandangos gitanos	Genre in de flamencomuziek
Feliz cumpleaños	Van harte gefeliciteerd
Funiculus umbilicalis (Latijn)	Navelstreng
Gazpacho	Koude soep met mediterrane ingrediënten (zoals tomaten, olijfolie, knoflook, specerijen en broodkruimels)
Gracias	Dank u wel

Hawk Mountain	Bergketen in de Blue Mountain Ridge (Appalachen, Pennsylvania)
Ivies	Studenten of alumni van een van de universiteiten van de Ivy League – een groep prestigieuze universiteiten in het noordoosten van de VS.
Jerez	Jerez de la Frontera = plaats ten noordoosten van Cadiz, Andalusië
Kittatinny Ridge	Bergkam in de Appalachen, die zich uitstrekt van de staat New York, door New Jersey tot in Pennsylvania
Kmart	Keten van discountwinkels
Lacrosse	Balspel dat uitgevonden werd door Amerikaanse Indianen. Het is een mix van basketbal, American football, hurling, ijshockey en hockey.
Langostinos	Langoesten, de langoest is een kreeftachtige uit de orde van tienpotigen
Lorca	Federico García Lorca, Spaanse dichter
Los nietos	De kleinkinderen
Manzanilla	Bleke, droge, Spaanse sherry
Matador	Stierenvechter
Minella's	Bij Minella's Diner kun je 24/7 ontbijt, lunch en diner geserveerd krijgen
¿Nada?	Niets?
Newhouse	Newhouse School of Public Communication: onderdeel van de Universiteit van Syracuse. Studierichtingen zijn onder andere journalistiek (geschreven en mondeling), reclame, televisie en film.

Olé!	Bravo!
Para el amor	Voor de liefde
Para usted	Alstublieft
Peras al horno	Peren uit de oven
Por favor	Ja graag
¿Qué?	Wat zeg je? Wat is er?
Rasgueado	Gebroken akkoord (muziekterm)
Rojo	Rood
Santa Maria,	
madre de Dios	Heilige Maria, moeder van God
Se lo he dado	Ik heb haar alles gegeven
Sí	Ja
Siguiriya gitana	Genre in de flamencomuziek
Soleá	Genre in de flamencomuziek
Stone Harbor	Een havenstadje in de staat New Jersey
Tapas	Hapjes
Toros bravos	Dappere stieren
Triana	Grote wijk in Sevilla, staat bekend om zijn flamencomuziek
Tu eres muy hermosa	Je bent heel mooi
Vega	Een vlakte, met name de vlakte rond Granada
Veintiséis	Zesentwintig
Vienes tarde	Je bent laat
Yale	Yale University: deze universiteit is sinds 1701 gevestigd in New Haven, Connecticut